दस प्रतिनिधि कहानियाँ सीरीज़

दस प्रतिनिधि कहानियाँ

हिमांशु जोशी

ISBN—978-93-85054-88-4

प्रकाशक
किताबघर प्रकाशन
4855-56/24, अंसारी रोड, दरियागंज
नयी दिल्ली-110002

पेपरबैक संस्करण
2016

आवरण
रवि शर्मा

मूल्य
नब्बे रुपये

मुद्रक
बी०के० ऑफसेट
नवीन शाहदरा, दिल्ली-110032

DUS PRATINIDHI KAHANIYAN (Hindi)
by Himanshu Joshi
Price : ₹ 90 (Paperback Edition)

दस प्रतिनिधि कहानियाँ

हिमांशु जोशी

किताबघर प्रकाशन
नयी दिल्ली

कहानी का सच

'इति' की नायिका इति, 'सजा' की भावना, 'अक्षांश' का मैं, 'काला दरिया' की उदुलि, 'काँछा' का अबोध, अनाथ शिशु काँछा—ऐसे अनेक पात्र हैं, जो जब-तब आकर मेरी मेज के सामने खड़े हो जाते हैं। प्रश्न-सूचक दृष्टि से देखते हैं। जिनके पास प्रश्न ही प्रश्न यानी प्रश्नों की पिटारियाँ हैं, जो समाधान की खोज में, पता नहीं कब से भटक रहे हैं !

पर अंत में वे लौट-लौटकर फिर मेरे ही पास आते हैं। मौन दृष्टि से देखते हुए कुछ पूछते हैं। कुछ कहते हैं।

एक दिन देखता हूँ, सामने श्रुति खड़ी है। गुस्से में है। पूछ रही है, 'भावना दी को आपने दुःख यानी दुःख ही दुःख के अलावा और क्या दिया ? उनकी सूनी आँखों में अकसर एक सवाल तिरता दीखता है। आपसे कुछ जानना चाहती हैं वे, पर कह नहीं पातीं।'

'बिना उसके कुछ कहे ही मैं उसकी व्यथा जानता हूँ,' मैं कहता हूँ, 'जो वह जानना चाहती है, उसे भी मैं समझ सकता हूँ, परंतु जो कुछ, जिस रूप में घटित हुआ, क्या वही उसका वास्तविक समाधान नहीं ? जिंदगी कभी भी समानांतर रेखाओं की तरह सीधी-सीधी नहीं चलती। सिद्धांत अपनी जगह हैं, पर जीवन का सच अपनी जगह पर। जब भी उन्हें मिलाने का यत्न करते हैं, वहीं से सारे विग्रह प्रारंभ हो जाते हैं। सभ्यता, संस्कृति, समाज—इनकी नींव में ऐसे ही व्यक्तित्व होते हैं, जो सांसारिक होते हुए भी सांसारिक नहीं होते ! इस दुनिया के होते हुए भी इस दुनिया के नहीं होते ! वे आकाश नहीं छूते, बल्कि धरती के पर्याय बनकर, सब कुछ सहते हुए भी प्रतिदान में सब कुछ लेते हैं।

'पाषाण-गाथा' का वृद्ध मूर्तिकार शायद भौतिक रूप से अब नहीं, पर कभी-कभी भूले-भटके, छाया की तरह आता है—'क्या समय का यही सच नहीं ? सच कहूँ तो ये सारी नारकीय यंत्रणाएँ मेरे लिए अर्थहीन हैं। मेरे अपने सुखी रहें, मेरे लिए इस संसार में इससे बड़ा और

क्या सुख होगा…!'

मिमियाते मेमने को गोदी में उठाए काँछा की छवि कभी उभरती है।

'अंजुरी-भर सागर, बित्ते-भर दुनिया, यही मेरा ब्रह्मांड है। इसमें साँस लेकर जी सकूँ, क्या मुझे इत्ता भी नैतिक अधिकार नहीं ? मुझे नहीं चाहिए कोई संपदा ! और कोई सुख ! रेत के बने मेरे घरौंदे, मेरे लिए बचे रहें, इतना तो मुझे मिलना ही चाहिए… ।'

'जड़ें', 'आँखें', 'अगला यथार्थ' भी शायद अलग-अलग यथार्थों के ही प्रतिरूप हैं।

अकसर मैं अपने पात्रों से कहता हूँ, 'मेरा इसमें कहीं कुछ नहीं। तुम्हारी जो दुनिया, जिस रूप में मुझे जीने के लिए मिली, वह मैंने ज्यों की त्यों धर दी है—कबीर की चदरिया की तरह।

'मैं न यश का भागी हूँ, न अपयश का। फिर भी सच कहूँ तो दुःख बहुत हैं, इस छोटी-सी दुनिया में। काश, वे किसी रूप में, कहीं किंचित् कुछ कम हो पाते ! आदमी को जीने के लिए बित्ते-भर छाँह कहीं मिल पाती !'

—**हिमांशु जोशी**

7/सी-2, हिंदुस्तान टाइम्स अपार्टमेंट्स
मयूर विहार, फेज-एक, दिल्ली-110091

क्रम

सजा

वह फिर आई थी आज।

कल ही तो तार मिला था। तार देखते ही क्षण-भर वह हतप्रभ-सी खड़ी रह गई थी। अपनी आँखों पर विश्वास ही न हुआ—जो कुछ लिखा गया है, क्या वह सच है ?

गुलाबी रंग का कागज मरते हुए पक्षी के डैने की तरह उसकी काँपती अँगुलियों में थरथरा रहा था। होंठ खुले थे। आँखें पत्थर की तरह ठोस—निश्चल!

"क्या हुआ दीदी ?" श्रुति भागती हुई आई, पर भावना जैसे शून्य में कहीं खो गई थी।

धम्म-से पलंग की पाटी पर बैठ गई—निचला होंठ दाँतों के बीच दबकर नीला हो आया था।

स्थिति की भयावहता देखकर श्रुति को साहस न हुआ कि आगे बढ़कर कुछ और पूछे। वह जड़वत् खड़ी रही—क्षण-भर।

भावना न जाने कब तक यों ही पाषाण-शिला-सी पलंग पर बैठी रही।

"क्या हुआ दीदी ?"

"कुछ नहीं···।"

"किसका तार है ?"

कोई उत्तर नहीं दिया भावना ने।

"मामाजी का ?"

"नहीं।"

"फिर···?"

भावना ने इस 'फिर' का उत्तर देने की भी आवश्यकता नहीं समझी। वह वैसी ही लेटी रही।

देर तक कमरे में असह्य सन्नाटा रहा। अंत में चारों ओर जमी बर्फ की विशाल चट्टान को तोड़ती, किसी तरह भावना बोली, "सुरु, मेरी अटैची में कपड़े रख दे। आज ही शाम की गाड़ी से चली जाऊँगी···।"

"कहाँ दीदी—?"

"अरे, अभी बतलाया नहीं—दिल्ली जा रही हूँ।···हमारी हैड मिस्ट्रेस को इन्फॉर्म कर देना।"

भावना की दृष्टि अब बार-बार घड़ी के डायल की ओर जा रही थी। सवा नौ बजे गाड़ी जाएगी, इस समय आठ पच्चीस हैं।

"रात को अकेली न रहना सुरु ! जमाना बुरा है। सुक्को मौसी को जरूर बुला लेना।"

"···।"

"खाना खा लेना। मुझे भूख नहीं···।"

"···।"

"तू अपने एग्जाम की तैयारी क्यों नहीं करती ? फाइनल ईयर है। अरी, खड़ी-खड़ी मुँह क्या देख रही है ?" इस बार तनिक तुनककर भावना ने कहा तो श्रुति सहम-सी गई। डरती-डरती बोली, "बिना खाना खाए ही चली जाओगी दीदी !"

"हाँ—कह तो दिया !"

"कुछ बाँध दूँ···?"

"नहीं !!!"

यों ही हड़बड़ी में भावना चली गई तो सब अजीब-अजीब-सा लगा—एक विचित्र-सी पहेली।

दीदी ने यह भी नहीं बतलाया कि तार किसका था ? क्या लिखा था···?

सुक्को मौसी बड़े कमरे में खर्राटे भरती हुई सो गईं, पर श्रुति भावना के कमरे में बैठी देर तक पढ़ती रही।

तभी पन्ने पलटते-पलटते पता नहीं किस तरह पेन जमीन पर गिर पड़ा। उसे उठाने के लिए श्रुति झुकी ही थी कि नीचे, वही गुलाबी रंग का कागज, मुड़ा-तुड़ा पड़ा था।

बड़ी सावधानी से फटे कागज की सलवटें ठीक करके पढ़ने का प्रयास किया। लिखा था—'रतन एक्सपायर्ड !' नीचे दस्तखतों की जगह किन्हीं 'विनोद' नामक सज्जन का नाम अंकित था !

—तो जीजाजी चल बसे !

श्रुति बुदबुदाई।

फिर लाख कोशिश करने के बाद भी पढ़ने में मन नहीं लगा। दीदी की आंतरिक व्यथा साकार होकर आँखों के आगे घूमती रही।

सारी रात पड़ी-पड़ी सोचती रही—जीवन-भर दीदी को क्या मिला ? जीजाजी द्वारा प्रताड़ित, अपमानित होकर, घर से निकाली जाने के पश्चात्, उन्होंने कितना कुछ नहीं सहा !

उसे याद आया—वह बालकनी में बैठी, जाड़ों की पीली, पथराई धूप में गीले बाल सुखा रही थी, तभी किसी ने बतलाया, "सुनो बिटिया, रतन ने दूसरी शादी कर लई है।"

दीदी ने सुने का अनसुना कर दिया, जैसे पहले से सब जानती हों। उन्हें तनिक भी अचरज न हुआ…।

दीदी चाहतीं तो क्या-क्या नहीं कर सकती थीं ! कानून साथ था। बड़े मौसाजी जाने-माने वकील। किंतु न जाने क्या सोचकर वह होंठ सिए चुप बैठी रहीं।

—प्रारब्ध में इत्ता ही सुख था तो अधिक कहाँ से आता ! दीदी उड़ी-उड़ी-सी कभी दुहरा दिया करती थीं।

बड़े चाचाजी, मामाजी, बुआजी—सबने कहा—दूसरी शादी करने के लिए, पर यहाँ भी भावना दीदी पहेली बनी चुपचाप बैठी रहीं।

कितना सहा दीदी ने ! कितना ! कितना—श्रुति बिछौने में मुँह छिपाकर सिसकने लगी।

"कौन, भावना…बहू ! कब आई ?" ससुराल के रिश्ते की किन्हीं वृद्धा ने आँगन में पाँव धरते ही पूछा।

"अभी माँजी…!"

"तार दिया था—बिन्नू ने ?"

"जी—हाँ !"

अटैची थामे भावना क्षण-भर वैसी ही खड़ी रही—दरवाजे के पल्लू के सहारे…। फिर चुपचाप भीतर चली गई।

घर में कुहराम मचा था, परंतु भावना गूँगी, बहरी-सी चुप बैठी रही। न रोई, न चिल्लाई। मूक दर्शक की तरह यंत्रवत् सब देखती रही—

वह औरत रो रही थी—जिसे अब रतन की पत्नी कहते हैं, रतन जिसे ब्याहकर लाया था, जिसकी सूनी माँग में अब सूखे घाव की दरार-सी पड़ गई है।

भावना देखती रही—

दुबला-पतला शरीर !

पीली देह !

इसी के प्यार में पागल होकर रतन ने उसे कितनी यंत्रणाएँ दी थीं ! क्या-क्या नहीं कहा था ! क्या-क्या नहीं किया था ! जब सब असह्य हो गया तो एक दिन घर से भी निकाल बाहर किया था।

पापा नहीं रहे, तो फिर किसी का भी भय न रहा… !

दो बच्चे बाहर खड़े थे। एक नन्हा-सा, किसी की गोदी में खरगोश की तरह दुबका बैठा था। अपनी माँ को रोते देखता तो स्वयं भी मुँह फाड़कर रोने लगता… ।

यह वही घर था, जहाँ भावना एक दिन दुल्हन बनकर आई थी। पापा कहते थे—अपनी भावना को हमने चंदा और करुणा से भी अच्छा घर दिया है। खूब सुख से रहेगी…राज रचेगी…

कैसा राज रचाया ! कितने सुख से बिताए चार साल !—भावना का हृदय यह सोचने मात्र से सिहर उठा।

ढेर सारे गंदे कपड़े, जिन्हें यहाँ बिस्तर की संज्ञा दी जा रही है, एक ओर पड़े हैं। पलंग टूटा हुआ है। मेज के एक पाँव के नीचे ईंट का आधा टुकड़ा पड़ा है।

"रतन की बीमारी ने हमें कहीं का भी नहीं रख छोड़ा। बर्तन-भाँड़े तक बिक गए।" वृद्धा सास माँ कपाल पर हाथ रखे, अपने फूटे करम को रो रही थीं। किसी से कह रही थीं, "अंत में भाई तक मुँह बिरा गए मौसी ! मरते समय मेरे रत्तू के घर कफन तक के लिए पैसे नहीं थे… ।"

भावना सुनती रही।

एक-दो दिन तक चुप देखती रही।

तीसरे दिन अपने घर लौटते समय जब रहा न गया तो बूढ़ी सास को एकांत में ले जाकर बोली, "ये कुछ रुपए हैं माँजी ! क्रिया-कर्म में लगा देना। बच्चों को दुःख न देना। विनोद कह रहे थे—बच्चों का स्कूल जाना छुड़वा दिया है। उन्हें फिर स्कूल भिजवा देना।…जो कुछ बन सकेगा, मैं करूँगी… ।"

"बहू, यह तू क्या कह रही है ? तेरे साथ उसने जो कुछ किया, उसके बाद तो…"

"जो कुछ उन्होंने किया, उनके साथ ही चला गया माँजी ! पर इन अबोध बच्चों का क्या दोष ?"

साथ लाई दो-तीन साड़ियाँ भावना छोड़ गई। बच्चों के लिए कुछ रुपए भी।

रिक्शे पर बैठती-बैठती बोली, "माँजी, कभी उधर चली आना। मन बहल जाएगा। हमें भी खुशी होगी। माँ तो बचपन में ही हमें छोड़कर चल बसी थीं। जब से होश सँभाला आपको ही माँ की ठौर पर पाया।"

"बहू, अब तू इत्ता दुःख न दे ! हमारे किए की इत्ती बड़ी सजा नहीं !" बूढ़ी सास का अब तक थमा बाँध टूट बहा, "उसके ऐसे धन्न भाग कहाँ थे !…अपने किए पापों की सारी सजा भुगत गया पगला…!"

रिक्शे पर टूटी टहनी की तरह निढाल पड़ी भावना बैठी रही। माँग का सिंदूर न जाने कब, कैसे पुँछ गया था। उसका अब कोई निशान न था, पर हाँ, नौ साल लंबी थकान उसके मुरझाए मुखड़े पर आज अवश्य उभर आई थी।

किसी एक शहर में

मैं सहज भाव से उसका ठिठकना, यों ही मुस्कराने का प्रयास करना और फिर हाथ में थोड़े-से कागज अपनी ओर बढ़ाना देखता रहता हूँ।

"कुल कितने मिले इस महीने ?" पूछता हूँ।

"बस, इत्ते हीऽऽ··· !" उसकी आकृति का आकस्मिक भाव 'इत्ते' में ही सारी स्थिति समझा देता है।

"सौ ?"

"ना।"

"तो—"

"नब्बे !" वह कोशिश करती हुई इस तरह से देखने लगती है, जैसे कुछ हुआ ही नहीं। उसके उजले गालों पर नक्शे की नदी की तरह एक नीली-सी नस है, जो ऐसे क्षणों में सहसा अधिक गहरी हो जाती है।

पहले की तरह वह फिर हौले-हौले धरती नापती फुटपाथ पर चलने लगती है, नोटों की मुड़ी-तुड़ी परतें मेरे हाथ में थमाकर।

पिछले महीने उसे एक सौ पच्चीस रुपए मिल गए थे। वह कहती थी कि मई से कंपनी प्राइवेट लिमिटेड हो गई है। गोल-कीपर (पार्टनर सेनगुप्ता को आवश्यकता से अधिक लंबा होने के कारण वह प्रायः इसी नाम से पुकारती है) की डिक्टेटरशिप अब चलेगी नहीं। पे-स्केल भी रिवाइज हो जाएँगे। कम से कम डेढ़ सौ तो मिलेंगे ही! ···नहीं तो लालाजी से कहूँगी। उनका बिहेव अच्छा है। लेकिन जब वे टूर पर बाहर रहते हैं तो गोल-कीपर तंग करता है। कम तनख्वाह देकर अधिक पर दस्तखत करवा लेता है।···

जामुन के पेड़ों की दुहरी-तिहरी कतारें जहाँ समाप्त होती हैं, सारे दुःखों का समारंभ वहीं से होता है। वह अपनी रसहीन रोज की जिंदगी दुहराती है और मैं हरे-भरे नीम के दरख्तों की ओर देखता हूँ। मुझे सब विचित्र-सा लगता है। रफी मार्ग से दोनों ओर, काठ के फुटे के आकार की बनावटी नहरें 'शो-केस' के चित्रों का-सा भाव छोड़ती एक ओर छूट जाती हैं। लगता है—दियासलाई के खड़े डिब्बे-

जैसे, भूरे पत्थर के 'इंडिया गेट' की तरह, सड़क के किनारे-किनारे बित्ते-भर के बौने सफेद खंभों की तरह, दूर स्टेडियम के पीछे पुराने किले की काली दीवारों की तरह—यहाँ की मखमली दूब, फव्वारों की नाइलॉनी धाराएँ भी बनावटी-सी हैं। राजपथ की जगमगाती मरकरी बत्तियाँ, तालाब में टिन के कमलों के बीच रंगीन उजियाला, सब मूक-चित्र के से जीवन-विहीन दृश्य हैं···।

"आप बोर तो नहीं हो रहे ?" वह मुझसे सटकर खड़ी हो जाती है।

मैं उसका अबोध चेहरा देखता हूँ। कान के पास, यों ही हवा से हिलती मुड़ी हुई, बालों की नन्ही-सी भूरी लट देखता हूँ, "हाँ, हो तो रहा हूँ।" (यों ही कहने-भर को कहता हूँ।)

"हिस्स्स्···!" वह होंठों पर हथेली रखती है—"झूठे कहीं के !" अँगुली पर अँगूठी की तरह आँचल का किनारा लपेटती है—"मैं सोच रही थी, आप आज बेहद नाराज होंगे। कहेंगे—कब से तुम्हारी प्रतीक्षा में खड़ा हूँ। लेकिन तुम बड़ी 'वो' हो।···सच्ची, कभी कितना अच्छा लगता है कि कोई हमें 'वो' कहे। कोई हमारी प्रतीक्षा करे। कभी कोई नाराज होकर उलाहने दे। कभी-कभी तो मन तरस उठता है···।"

वह मेरे और समीप चलने लगती है।

"आपने आज मेरी ओर गौर से देखा नहीं !"

"क्यों ? देखा तो है !"

"कहाँ देखा ! मेरी आँखें आज कितनी रेडिश हैं···!"

मैं देखता हूँ—"कुछ-कुछ हैं तो सही—ए बिट···!"

"सच, कल मैं बेहद रोई···।" वह जैसे अपने आप से कह रही हो।

"क्यों ?" मैं अचरज से मुड़कर देखता हूँ।

जल-तरंग का जल छलक पड़ता है। वह एकाएक हँस पड़ती है—"रोई नहीं जी। सारी रात इंतजार करती रही।"

"किसका···?"

"किसी का भी नहीं।"

"फिर भीऽ ?"

"नींद का !" वह फिर शरारत से हँसती है। चुप हो जाती है। मुँह बनाती है। सहमे गुस्से से देखती है और मौन होकर उसी गति से चलती रहती है।

"सच, मेरी आई-साइट कमजोर हो गई है। आप किसी डॉक्टर-वॉक्टर को दिखला दीजिए न !···आप तो देखते नहीं ! चश्मा खरीदकर अब हम खुद आँखें

चार कर लिया करेंगे !" वह शरारत से मुस्कराती है।

क्रॉसिंग पर हम रुकते हैं। नारंगी के बाद 'गो' की हरी लाइट देखते ही, भीड़ के साथ नदी की तरह सड़क पार करते हैं और निःशब्द आगे बढ़ते हैं।

मैं उसे एक केस की तरह लेता हूँ। ताटस्थ्य-दृष्टि से उसके हर कार्य को देखता हूँ। संभवतः वह भी इसे समझती है। फिर भी जानबूझकर अनजान बनने की कोशिश करती है। शायद जीवन में हम सभी, किसी सीमा तक, कहीं पर ऐसा ही करते हैं।

फट्-फट्, मोटर, कार, स्कूटरों का एक चौड़ा-सा नाला सामने अटूट गति से बह रहा है। समझ में नहीं आता, इतने अधिक लोग, इतनी भाग-दौड़ मचाकर कहाँ पहुँचने की उतावली में हैं !

"मदर की तबीयत ठीक है ?"

"जी हाँ !" वह अनदेखे ही कहती है।

"मधु स्कूल जाता है ?" (उसका छोटा भाई है मधु। कमेटी के खोमचे में तीसरी में पढ़ता है।)

"हाँ।"

थोड़ी देर बाद वह सन्नाटा तोड़ती है। लंबी साँस भरती है—"सूझता नहीं, राशन वाले का बिल इस महीने कैसे चुकाएँगे ! चीजें इतनी महँगी हो गई हैं कि जीना तक मुश्किल हो रहा है ! यहाँ आकर ऐसा होगा, सच, हमने सोचा तक न था।"

"कितने देने हैं ?" मैं पूछता हूँ।

"यही कोई सिक्सटी तक !"

"कुछ मैं मदद करूँ ?"

"थैंक्यू !" वह भीड़ की ओर देखती है—"भीख की आवश्यकता नहीं।" फिर हँसने की सहज चेष्टा करती है।

मुझे बुरा लगता है। मैंने कुछ और सोचकर कहा था शायद। वह मेरी आकृति का भाव ताड़कर सहम जाती है। मेरी अँगुलियों के पोर हौले से थामकर दबाती है—"आपने माइंड तो नहीं किया ? जरूरत होने पर आपसे नहीं तो फिर किससे कहूँगी !···सुनिए !" वह अचकचाकर देखती है, जैसे सहसा कुछ याद आ रहा हो, "मेरा क्वार्टर छूट गया तो फिर कहाँ रहूँगी···"

टन्-टन् इधर-उधर से वक्त-बेवक्त निकल भागती साइकिलें बड़ी बुरी लगती हैं। सड़क की मरकरी बत्तियाँ दिप्-दिप् जलने लगती हैं। उसका मन भीग जाता

है।

“मेरी बात का आप बुरा तो नहीं मानते ?” एक अधूरा-सा वाक्य फिर दुहराकर चुप हो जाती है।

मुझे उस पर तरस आता है। मैं जतलाकर सारा वातावरण बोझिल नहीं बनने देना चाहता। वह आज क्या-क्या कहेगी, क्या-क्या नहीं—यह सब मैं पहले से ही सोच लेता हूँ और जो कुछ होता है, मौन भाव से उसे देखता हूँ, जैसे पुल पर खड़ा कोई पाँवों के नीचे बहते पानी को देख रहा हो।

“सुनिए, आप चुप क्यों हो गए ?” वह अपने को तनिक हलका-सा अनुभव करती है।

“चुप कहाँ हूँ !”

“आज आप कॉफी पिलाएँगे न ?”

मैं कुछ नहीं कहता तो उसे शह मिलती है। वह मुस्कराती है—“अच्छा, कॉफी के साथ क्या-क्या खिलाएँगे ?”

“कुछ नहीं।”

“कुछ···नहीं !!” वह मुँह बनाती है, “एक दिन तो ‘हाँ’ कहिए। रोज ‘कुच्छ नहीं’, ‘कुच्छ नहीं !’ हमें यह सब अच्छा नहीं लगता जीऽ !”

“तो क्या अच्छा लगता है आपको ?” मैं कुछ हँसी के मूड में होता हूँ। और वह जब बैलून की तरह हलकी हो जाती है तो ‘मैं’ को ‘हम’ कहने लगती है।

‘सिंधिया हाउस’ के मोड़ पर असमंजस से रुकते हैं।

“कॉफी तो आज आपसे पीनी ही है, चाहे कुछ भी हो।” साधिकार वह कहती है।

“भई, पैसे-वैसे बेकार करने के फेवर में हम नहीं।” मैं न चाहते हुए भी जानबूझकर मना करता हूँ और जानता हूँ—उसका अगला वाक्य क्या होगा। शायद उससे वही कहलाना चाहता हूँ।

सचमुच उसका वाक्य वही होता है, जो मैं सोच रहा था—“आज आपको कहानी का एक डीसेंट प्लॉट बता दूँगी···।”

“प्लॉट-व्लॉट से क्या करना है···!”

“हद्द हो गई !” वह कपाल पर दुहत्ती मारने को होती है—“इतने सैल्फिश !”

वह फिर तुनककर मेरी ओर देखती है—“अच्छा, हम पिलाएँगे।”

“लाओ पैसे !” मैं हथेली बढ़ाता हूँ।

“सब दे तो दिए ! चीन की तरह सब हड़पने पर भी आँखें दिखाओगे···!”

लाल नियॉन-लाइट के नीचे से होकर हम कनॉट प्लेस के एक बहुत बड़े एयर-कंडीशंड डिब्बे में घुसते है। घुटते हुए कोलाहल के बीच एक किनारे, एकांत की टेबल पर धँस जाते हैं। दीवार में धँसा, हमारी ओर अँगुलियों की ओट लगाए एक नीला, धुँधला बल्ब टिमटिमा रहा है—जिसका जलना—न जलना समान है।

वह मेज पर झुकती हुई, स्लीवलेस ब्लाउज से बाहर निकली दोनों नंगी कलाइयों को सामने फैलाती है। भूरे रोयों के बीच हाथ पर उभरी हलकी-सी नसें बड़ी सुंदर लगती हैं।

"हाथों में कुछ पहनती क्यों नहीं !"

बिफरकर वह देखती है—"आपने कभी पहनने को कुछ दिया ?" (यह जानते हुए भी कि उसका ऐसा कहना कहाँ तक उचित है।)

"मैं सोच रही थी, आज आप जनपथ की दुकानों से कुछ खरीद देंगे। मेरे पास सिर्फ दो ही साड़ियाँ बची हैं अब। किसी दिन फटी हुई पहनूँगी तो आपको बुरा नहीं लगेगा ?"

"ना—तनिक भी नहीं।"

वह सरोष देखती है—"आपके पास हृदय नाम की कोई चीज नहीं !"

"हाँ, लगता तो मुझे भी ऐसा ही है।"

कॉफी आती है। एस्प्रेसो के भूरे घने झाग के ऊपर चीनी के बारीक कण कुछ क्षण तक तैरने के पश्चात डूबने लगते हैं। वह जानबूझकर आधी-आधी चम्मच चीनी और डालती है—"जब से चीनी का अकाल हुआ, कितनी ही चीनी गेरो, कॉफी फीकी ही रहती है। कभी भी कॉफी का-सा जायका नहीं आता। मुई दुनिया ही डूबने वाली है अब !"

वह इस तरह से चम्मच घुमाती रहती है, जैसे साबूदाने की कड़ाही में करछी चला रही हो।

"सुना आपने—"

"क्या ?" मैं उसकी ओर देखता हूँ। पर वह करछी, नहीं-नहीं, चम्मच चलाती रहती है।

"गोल-कीपर ने आज मुझे लंच में अपने केबिन में बुलाया।" उसकी अँगुलियाँ ठिठक जाती हैं—"जानते हैं क्या कहा होगा ?"

मैं मुस्कराता हूँ—"यही कि⋯। तनख्वाह में दस और बढ़वा के पूरे सौ कर लो⋯।"

वह किलककर बच्चों की तरह हँसती है, जैसे मैंने उसके होंठों की बात छीन

ली हो। "सच्ची !" वह वेग से कहती है, "किटि ने उसकी आदत खराब कर रखी है। पहले तो कहने लगा, 'चाय बनाओ।' बनाकर प्याला आगे बढ़ाया तो बोला, 'वह कैप्स्टन मेरे होंठों पर लगाओ।' लगाई तो भीतर ही भीतर गीली लकड़ी की तरह घुटने लगा। बोला—'पास आओ⋯।'

"मैं नहीं गई तो अँगुली हिलाते हुए पुकारने लगा, जैसे कुत्ते को बुला रहा हो—'कम नियर।' मैं नहीं गई तो फिर उबला। फिर शांत हुआ। फिर बोला, 'हंड्रेड पूरे हो जाएँगे !' मैं टस से मस न हुई। मैंने सोचा, क्या कर लेगा—'कंपनी अब बनिए की दूकान नहीं, प्राइवेट लिमिटेड फर्म है सर !' मैंने कहा।

" 'तो तुम्हें भी तो⋯' "

अजीब-सा मुँह बनाकर कहती-कहती वह चुप हो जाती है।

"तो फिर क्या हुआ आगे ?" अब मेरी पूछने की बारी है।

"कुछ भी नहीं।"

उबाले गए पानी का ठंडा गिलास अपने होंठों पर लगाती है। केवल एक अधूरी घूँट भरकर रख देती है। मैं उसकी कुछ-कुछ रक्तिम आँखों को देखता हूँ। अधिक पीने के पश्चात् पलक जैसे बोझिल हो गई हों।

सिप्-सिप् कर मैं एस्प्रेसो का घना झाग निगलता हूँ, जिसमें अभी भी कहीं-कहीं चीनी के बारीक कण घुलने से रह गए हैं।

"अरे, चऽ ! मैंने आपको बतलाया नहीं !" वह साश्चर्य कहती है एकाएक। जैसे मुझे इतना भी मालूम नहीं !—"किटि आज मेरे पास आकर रो रही थी⋯!" मेरी प्रतिक्रिया जानने के लिए वह देखती है, मुँह लंबा कर गरदन खींचती है। फिर हौले से फुसफुसाती है—"किसी से कहना नहीं, 'प्रेगनैंट' हो गई है⋯।"

मैं देर तक चुप रहता हूँ। क्या सोचता हूँ, पता नहीं। गोल-कीपर, लहरा, अपादरे और होतीप्रसाद का नाम बार-बार दुहराता हूँ। फिर न जाने क्यों पूछता हूँ—"लालजी कैसा आदमी है ?"

"अच्छा है।"

"तुमसे कैसे रिलेशन हैं ?"

"ठीक हैं।⋯पर उसे अपनी कजिंस से ही फुरसत नहीं।⋯" वह तौलने के लिए मेरी ओर देखती है—"वैसे बिना मरजी के वह कुछ नहीं करता। केवल घुमाने के लिए ले जाता है⋯।"

मैं अँगड़ाई लेकर अपनी ही जगह पर झुकता हूँ। वह मेरे चश्मे में टेबल पर बिखरे प्यालों का प्रतिबिंब देखती है।

"कॉफी आपने क्यों छोड़ दी ?" मेरे प्याले में वह इस तरह देखती है, जैसे कुएँ में झाँक रही हो।

"बस, अब मन नहीं।" जम्हाई लेता हुआ मैं अपने खुले मुँह को उलटे हाथ से ढकता हूँ।

वह प्याला अपनी ओर खींचती है। "मैं पी लूँ ?" यों ही कहने के लिए कहकर, छोटे-छोटे घूँट भरने लगती है चुपचाप। उसकी न मालूम क्या आदत है। पानी पीकर ज्यों ही गिलास परे रखता हूँ, वह तलहटी में बची दो-चार बूँदें अपने गले में निथार लेती है। मुझे अच्छा नहीं लगता। किंतु वह कहीं बुरा न माने, कुछ कह नहीं पाता।

वह दीवार घड़ी की ओर देखती है—"कहीं आपका आज शाम का अपॉइंटमेंट तो नहीं ?"

मैं गरदन हिलाता हूँ।

"सच, मैं आपको बेहद परेशान करती हूँ। कभी-कभी तो अपने पर ही झुँझलाहट होती है। क्या करूँ !" वह जैसे स्वयं से कहती है—"लालजी एक दिन मुझसे पूछते थे—'दिल्ली में और किसे जानती हो ?' मैंने आपका नाम लिया तो मेरे चेहरे की ओर ताकने लगे। बोले—'कैसे जानती हो ?' मैंने सरलता से कहा—'उनसे हमारे फैमिली रिलेशन हैं।' उस दिन से सच, उन्होंने मुझे कभी कुछ नहीं कहा… ।"

वह दाँतों के बीच अपनी अँगुली रखती है। काटती नहीं, यों ही किट्-किट् दबाती है।

"तो राशन वाले को कुछ कम दे दूँ, हाँ ?" इस तरह से पूछती है, जैसे मुझसे पूछे बिना चारा नहीं। मुझे उस पर, उसके स्वभाव पर झुँझलाहट नहीं होती, करुणा आती है।

"हाँ, ऐसा ही करो।"

"ऐलाटी को किराया पूरा चुका दूँ ?"

"हाँ।"

"पैसे बचेंगे तो मेरे लिए कुछ परचेज कर दोगे ?"

"हाँ !"

मैं सिर हिलाता हूँ—यह जानते हुए भी कि धेला भी बचने वाला नहीं है।

बैरा बिल लेकर आता है। मैं पैसे चुकाता हूँ। बाहर कॉरीडोर पर दो ठो पान खरीदता हूँ।

पाँच नंबर के बस-स्टॉप पर मैं उसे छोड़ने जाता हूँ। वह और पास-पास चिपककर चलती है।…बस-स्टॉप अब रीता है। सवा नौ बजने वाले हैं, फिर भी कुछ लोग तो होने ही चाहिए। शायद अभी कोई बस गुजरी हो !

मैं उसके सारे नोट ज्यों के त्यों उसे थमा देता हूँ।

"कॉफी के पैसे मेरे अकाउंट से दे देते !" यह जानते हुए भी वह कहती है कि मैं कभी भी उसके पैसे नहीं खरच सकता।

"परसों सेकंड सेटरडे है। हमारे यहाँ आइएगा। प्लीज…!"

"मुश्किल है।"

"थोड़ा-सा समय निकालकर। दस मिनट के लिए ही सही…!" वह कुछ और कहने के लिए होंठ खोलती है।

दूर अँधेरी सड़क को चीरती दो उजियाली आँखें हमारी ओर बढ़ती दीखती हैं। उसे लगता है, उसी की बस है–"तो सुनिए ! आइएगा, हाँ ! आपके आने से हमें कितनी खुशी होती है, आप सोच भी नहीं सकते !…हमें लगता है, हम निपट निस्सहाय नहीं। हम भी किसी के सहारे हैं। पास-पड़ोस के लोग भी हमें हिकारत की नजर से नहीं देखते। अच्छे कपड़ों में किसी अच्छे आदमी के आने-जाने से उन्हें लगता है, हमारे भी अच्छे रिलेशन हैं। जिस दिन उन्हें लगेगा, इस पराए शहर में हम एकदम अकेले हैं–वे हमें दिन-दोपहर नोच-नोचकर खा डालेंगे !"…वह सफेद हो जाती है।

कोई एक बस हाँफती हुई सामने ठिठकती है।

"तो…आइएगा नऽ…!" उसकी आवाज ताँत की तरह खिंच आती है। वह बिना बस का नंबर देखे ही फुट-बोर्ड पर चढ़ती है और ओझल हो जाती है।

काँछा

सनसनाती हुई तीखी हवा की तेज धार !

बर्फ गिरने के जैसे आसार !

तन का जो हिस्सा खुला रह जाता है, पहले लाल, जामनी, फिर नीला पड़ने लगता है—निष्प्राण होता हुआ।

इन जाड़ों में इतनी किल्लकारी की ठंड इससे पहले कभी भी नहीं पड़ी थी। नंगे पाँव धरती पर पड़ते ही डंक-सा चुभता—प्राण निकल जाते। बाँज के छिक्कल जैसे खुरदरे, रूखे हाथ-पाँवों पर, चेहरे पर, जगह-जगह दरारें-सी पड़ जातीं, जिनसे कभी-कभी रक्त उभरने लगता।

सोने से पहले, बर्तन-भाँड़े माँजने के बाद काँछा जब अँगेठी की आग के पास बैठा, अपने थुर-थुर काँपते, निर्जीव नन्हे हाथ सेंक रहा था। काकी ने काठ के कठिया में से, करछी से खोप-खोपकर, एक डली च्यूरा की उसकी ओर बढ़ाई थी, "गरम करके हाथ-पाँव पर मल ले काँछू⋯दरद कुछ कम होगा⋯लहू नहीं चुएगा⋯!"

सुनकर भी जैसे उसने सुना नहीं। मन कहीं और था—ऊहापोह में। नौंनी-सी मुलायम, हिम-सी सफेद डली—छोटी-सी हथेली पर धरी, धीरे-धीरे घी की तरह पिघलने लगी।

भीतर जाकर काकी ने दूसरी तरफ का दरवाजा भड़ाक् से बंद करके अलगनी लगा दी, तो वह अकेला रह गया, छोटे-से चॉक में। बाहर के किवाड़ पहले से ही बंद थे।

पानी बरसने लगा था शायद ! तभी पाथर बिछे आँगन में तड्-तड् की आवाज आ रही थी।

खरसू की लकड़ियाँ धधक रही थीं। च्यूरा पिघलकर तेल की तरह बह गया था—नन्ही अँगुलियों की जड़ों की दरारों से। भीतर के कमरे में पहले हँसने-बोलने का स्वर—सम्मिलित स्वर देर तक गूँजता रहा था, पर अब चनक बंद थी। मिट्टी के तेल का लंफू भी बुझ गया था। लगता था—सब सो गए हैं—सारी दुनिया। हाँ, कभी-कभी बाहर कहीं, ठंड से ठिठुरते कुत्ते का कर्कश स्वर अवश्य गूँज रहा था।

जगह-जगह से छलनी हुआ, मिलिटरी का फटा खाकी कंबल लपेटे वह एक किनारे पर लुढ़क गया था—बँधी गठरी की तरह। उसके चेहरे पर धीरे-धीरे आतंक का भाव गहरा होता चला जा रहा था। उसे लग रहा था—वही वीभत्स, डरावना सपना वह जागी आँखों से फिर देख रहा है—स्वयं अपने को टुकड़ों में कटता हुआ···

बिल्ली की जैसी नुकीली मूँछों वाला यह 'भेड़िया' कभी भी उसे अच्छा नहीं लगा—वैसी ही लाल-लाल आँखें। वैसा ही डरावना चेहरा।

कंबल कसकर लपेट लेता है वह।

उस दिन भी इसी तरह बर्फ गिरी थी···तीन दिन तक लगातार···

उसका मन उदास हो जाता है। उसकी आँखों के सामने पहाड़ के ढलान पर बसा दूर-दूर छितरे घरों वाला एक छोटा-सा गाँव घूमता है—देवदार के घने वनों में घिरा। चीड़ के पिरोल की नुकीली पत्तियों से छँहा, एक टूटा छप्पर। छप्पर की छाँह में रहने वाले तीन प्राणी। पाँवों के पास बँधी मिमियाती बकरी—चीतल की पाठी की तरह मटमैली ! भोली ! जिसके सींग भी अभी तक फूटे न थे। अपना माथा, उसके माथे से टिकाकर वह कभी-कभी खेल में जोर आजमाइश किया करता था—बकरी की ही तरह ठेप देकर, हलकी-सी आक्रामक मुद्रा बनाता हुआ माथे से माथा भिड़ा देता—ठप्प् से !

पहले तो बकरी बालिश्त-भर पीछे हटती—मोर्चा जमाने के लिए, पिछले दोनों पाँवों पर तनिक अधिक बल देती हुई, फिर वह भी उसी तरह हमला कर देती, ठीक उसके माथे पर अपने माथे का निशाना साधती हुई—गरदन किंचित् पीछे की ओर टेढ़ी मोड़कर—ठप्प् की आवाज के साथ दोनों भिड़ जाते। एक आक्रमण के बाद, फिर सहसा पीछे हट जाते दोनों—दूसरे आक्रमण के लिए मोर्चा सँभालते हुए।

यह आक्रमण-प्रत्याक्रमण का क्रम तब तक चलता, जब तक कि दोनों थक नहीं जाते !

बकरी के गले में रामबाँस की पतली-सी रस्सी बाँधे वह नीचे नौला की ओर 'ले-ले' कहता हुआ, दौड़ाता हुआ ले चलता है—पानी पिलाने के लिए। सीढ़ीनुमा खेतों की मेड़ों पर उग आई नरम-नरम, हरी घास अपने नन्हे हाथों से नोच-नोचकर, उखाड़कर, उसकी आँठी बकरी के मुँह की ओर ले जाता है···

उसकी छोटी-सी घुसली पीठ पर हाथ फेरता हुआ, जब तक वह एक-एक तिनका भली-भाँति खिला न देता, सामने से हटता न था।

'शिवरात' के मेले में चार कोट दाड़िम बेचकर वह पीतल की छोटी-सी टुन्-टुन् घंटी लाया था—खरीदकर। दिनों तक उसे बकरी के गले पर बाँधे रहा। दलबहादुर की शादी की रात, भीड़-भड़क्के में न जाने कौन उसे उतारकर ले गया था ! तब माँ की फटी घाघरी की गोट पर लगा, लाल कपड़े का बित्ते-भर का टुकड़ा चीरकर, रस्सी की तरह बटकर बकरी के रीते गले पर बाँध दिया था—फीते की तरह।

वह रंग-बिरंगा टुकड़ा कितना अच्छा लगता था ! 'अऽ लेऽ ले !' कहता हुआ, जब वह दूर से आता दिखलाई देता, तब वह अपनी नन्ही-सी रोएँदार पूँछ आसमान की ओर खड़ी कर, फर्-फर् इधर-उधर हिलाती हुई मिमियाने लगती।

अपनी दाहिनी हथेली से वह रोज उसके सिर पर, दोनों कानों के बीच सहला-सहलाकर देखता—अनुमान लगाता—सींगों की जगह अब कुछ-कुछ उभरी-सी लगती है—खूँटे की तरह। लगता, अब सींग फूटने ही वाले हैं…।

न्यफा, काजु, धामलि, गोरु रोज अपनी बकरियों के लंबे कान पकड़कर घसीटते रहते हैं, परंतु उससे ऐसा कभी भी न हो पाता। उसके हाथ काँपते। लगता, इस तरह जोर से कान खींचने पर वे जड़ से उखड़ गए तो !

बिना कानों के बकरी कैसी लगेगी ! फिर उसे दरद भी तो खूब होगा न ! उसकी बकरी अभी कित्ती छोटी है !

स्वयं को दरद देना उसे स्वीकार था, पर अपनी बकरी को नहीं। उसके नन्हे प्राण कहीं नन्ही बकरी में बसते थे शायद !

अपने मामा के घर—पानिधार से लाया था, वह इस बकरी को। साल-सवा साल तक उसने मामा की गाय-बकरियाँ चराई थीं—स्वाँला के बीहड़ वनों में। उनके पास ग्वाला नहीं था, इसलिए माँ से कहकर उसे बुला लिया था—हाथ बँटाने के लिए।

पिता के लापता हो जाने के बाद, मामा के घर का ही कुछ सहारा बचा था। कालि पार, हिंदुस्तानी राज में पिता, आसपास के अन्य डोटियालों के साथ मेहनत-मजदूरी करने गए थे। साल-दो साल बाद और तो लौट आए, पर वह आज तक लौटे न थे। कुछ लोग कहते हैं—नदी पर पुल बनाते समय बह गए। कुछ लोग कहते हैं—बरमदेव मंडी में हैजे से मर गए। दुल्लू-दैलेख की तरफ भी किसी ने देखा था। कुछ का कहना था कि किसी विधवा से ब्याह करके नया घर बसा लिया है उसने—कंचनपुरा की तराई की तरफ। पर यदि सचमुच जिंदा होते तो क्या एक बार भी कभी घर न आते !

फिर भी वह जिंदा हैं—यही मानकर माँ ने अपने गले में चरेऊ का पल्ला अब तक बाँधा हुआ था। चूड़ियाँ भी उतारी नहीं थीं। पर बड़े बेटे जेठा के गुजर जाने के बाद से अपने को हर तरह से असुरक्षित-असहाय अनुभव करने लगी थी। जेठा छोटा होने के बावजूद थोड़ा-बहुत हाथ तो बँटा ही देता था…

मामा के घर आकर भी सुख मिला नहीं। गाय-बछिया के पीछे-पीछे दिन-रात जंगलों में भटकने के पश्चात् भी भरपेट भोजन नहीं। सबके खाने के बाद जूठा-पीठा जो भी बचता, उस सबको एक बर्तन में डालकर, उसके सामने रख देते—पशुओं की तरह। और वह दिन-भर का भूखा उन जूठे टुकड़ों पर टूट पड़ता। मामी ने कभी एक बार भी नहीं पूछा कि कुछ और चाहिए ? या इत्ते से पेट भर जाता है काँछा ?

रात को कभी-कभी उसके पाँव दुखने लगते। असह्य पीड़ा होती। धौलि गाय इधर भागती, तो कालि खेतों की तरफ। बछड़े तो एक पल के लिए भी एक स्थान पर टिकते नहीं थे। डेढ़ सींगवाला बैल और भी विचित्र था। लंगूरों को देखते ही, पूँछ हवा में सीधी खड़ी कर, आँखें मूँदे सरपट भागने लगता।

लगभग सवा साल इसी तरह बीता। तभी एक दिन घर से माँ आई और उसे साथ ले गई।

कर्कशा मामी को जाते समय न जाने क्या सूझा ! बकरी की यह पाठी भी साथ बाँध दी थी। माँ मना करती रही, पर वह न मानी, "बरस-भर मिहनत के बाद इत्ता तो ले जा रे !"

मूँज की रस्सी गले पर चुभती थी, इसलिए उसने बाड़ में लगा हरा रामबाँस कूटा और उसकी रस्सी बना ली। गहत-भट् के भुने जो भी दाने खाने को मिलते, पहले वह बकरी के मुँह की ओर ले जाता, फिर खुद खाता। जाड़ों में पता नहीं, कहाँ-कहाँ से बटोरकर हरी घास के तिनके लाता। रात को अपने फटे कंबल का एक हिस्सा उसकी पीठ पर डाल देता। जब तक वह चुपचाप बैठी रहती, किंचित् ताप मिलता, किंतु ज्यों ही हटती कंबल भी खिसक जाता।

उसके धूप तापने के लिए आँगन में, बित्ते-भर की जमीन उसने साफ कर दी थी। अपने छोटे-छोटे हाथों से उसे गोबर से लीपकर, उसके ठीक बीचोबीच अँगूठे के बराबर एक खूँटा गाड़ दिया था, जिसके सहारे बकरी बँधी रहती थी। ज्यों ही धूप का टुकड़ा सरकता, वह उसे दूसरी जगह बाँध देता था।

रात को आग के पास बैठी माँ मड़वे की काली-काली रोटियाँ सेंकती तो वह उसे गोदी में बिठाए, हथेलियाँ गरम कर, सहलाता रहता। बकरी आँखें मूँदे चुपचाप बैठी रहती। भीषण सर्दी के कारण अकसर बकरी की नाक छोटे बच्चों की तरह बहती···चूल्हे के पास से ठंडे पानी का छींटा कभी भूल से भी शरीर पर पड़ जाता तो जर्र्-र्-से सारे बाल खड़े कर स्वयं झटपट उठ पड़ती···

उसके दाहिने पाँव का आगे वाला आधा खुर जोगिया रंग का था। त्रिरशूली थान का बूढ़ा पुजारी कहता, "यह पाठी तो देवी को चढ़ेगी···।"

देवी को तो नहीं चढ़ी वह, हाँ, देवी गुरंग एक दिन अवश्य खा गया उसे !

दूर का रिश्तेदार था—हिंदुस्तानी फौज के गुरखा रेजीमेंट में सिपाही। रिटायर होने के बाद अब अपने घर आया था—डोटि नइपाल। खेती-पाती करके अपना जीवनयापन करता था। एक-दो बार पहले भी यहीं से होकर कहीं गया था और रात को रुका भी था।

माँ के हर काम में रुचि लेता। कहता, "मानबहादुर जिंदा होता तो क्या अब तक घर नहीं आता ? बरमदेव मंडी में ही मरा था वह। हमारे डंबर बहादुर थापा ने अपनी आँखों से देखा था। उसकी लाश कालिगंगा में बहा दी थी उसने···।"

इस पर माँ ढुल-ढुल रोने लगती, "वह कोई और होगा···और होगा। परदेस का मामला है। हो सकता है, कहीं नौकरी-चाकरी में हों। जब तक टका-दो टका पास नहीं होगा, लौटेंगे किस मुँह ! खेत गिरवी हैं ! रहने को यह टूटी झोंपड़ी ! बर्फ के भार से किसी दिन बैठ गई, तो हम सब भी दबे पड़े मिलेंगे—।"

"तू तो निरी पगली है। इत्ते साल हो गए। अब तक तो लोग सात समंदर पार से भी आ जाते हैं। तू मान क्यों नहीं लेती कि वह मर गया है, जब सारी दुनिया यही कह रही है···!"

माँ का रुदन तब और बढ़ जाता।

"मेरे होते हुए तू क्यों चिंता करती है !" उसने माँ का ठंडा हाथ अपने हाथ में ले लिया था। पर माँ वैसी ही चुप आँसू पोंछती रही थी।

रात को आग के पास बैठे वे पता नहीं कब तक बातें करते रहे थे ! और पता नहीं कब काँछा को नींद आ गई थी !

रात शायद अधिक बीत गई थी।

आग बुझने पर तनिक सर्दी-सी लगी तो सहसा उसकी नींद उचट गई थी। उसने देखा था—एक कोने पर बिछी फटी चटाई पर माँ और देवी गुरंग, एक ही पंखी में लिपटकर सो रहे हैं—एक होकर। ऐसे ही मामा-मामी को भी उसने देखा

था—कई बार—कठबाड़े की दीवार की दरार से···

पता नहीं क्यों, उसे सब अच्छा नहीं लगा था ! देवी गुरंग भी उसे अच्छा प्रतीत नहीं हुआ था। घोड़े के जैसा मुँह ! ऊपर की ओर उठी बिल्ली की जैसी नुकीली, छितरी मूँछें ! 'हो-हो' मुँह फाड़कर हँसता तो पिशाच जैसा लगता—वीभत्स!

दो-तीन महीने बाद वह फिर आया था। पता नहीं माँ उसके आने पर इतना खुश क्यों थी ! पड़ोस में सुंतोली के घर से चा की पत्ती और गुड़ माँगकर लाई थी। साथ में एक पतीली गेहूँ का आटा भी।

इस बार गुरंग तीन-चार दिन तक रुका था। साथ में लाल दवाई की बोतल भी लाया था।

एक दिन आँगन में बैठा वह बकरी को घास खिला रहा था कि बीड़ी का धुआँ उगलता हुआ गुरंग बोला था, "खाने के लिए अच्छी है। मेरे घर में चार-पाँच पाठियाँ और हैं—ऐसी ही। इसके खेलने के लिए ला देंगे। आज बहुत सर्दी है, इसे भून लेते हैं··· ।"

आमा ने काँछा की ओर देखा था।

काँछा भभक पड़ा था। रस्सी कसकर हाथ पर लपेटता हुआ चिल्लाया था, "यह मेरी बकरी है। इसे मैंने पाला है। मामा ने मुझे दी थी। इसे मैं नहीं दूँगा, नहीं दूँगा··· !"

माँ को शायद यह अच्छा नहीं लगा था, "तेरे लिए ऐसी और पाठियाँ ला देंगे तेरे चाचा। माँग रहे हैं तो दे दे। देख, तुझे कितना प्यार करते हैं ! तेरे लिए कोट लाए हैं। कपड़े का जूता भी··· ।"

"मुझे नहीं चाहिए तुमारा कोट ! तुमारा जूता !" काँछा तुनक पड़ा था, "बस्स, मैं अपनी बकरी नहीं दूँगा··· ।"

माँ कुछ न बोलकर चुपचाप भीतर चली गई थी। इस बार गुरंग उसके लिए बहुत-सा सामान लाया था···रंग-बिरंगी धोती थी। काँच की ढेर सारी चूड़ियाँ, बालों पर बाँधने के लिए रेशमी झालरदार फुंदे···

पास ही नौला था। वहाँ से पानी भरकर लाने के लिए माँ ने काँछा के हाथ में रीती पतीली दे दी थी।

नौला के सामने घास उगी थी—बिच्छू के बड़े-बड़े काँटेदार पौधे ! नीचे कीचड़ था। बच्चे नौले के पानी में डूबे पत्थरों से गनेल पकड़ रहे थे। काँछा की जेब में भी एक धागा था, जिससे उसने गनेल के सींग बाँध लिए थे। अब उसे वह पत्थर पर चला रहा था···

साँझ के अँधियारे में जब वह घर की ओर बढ़ा, तो आँगन में ऊँची आग जलती दीखी।

ज्यों ही आँगन की सीढ़ियों पर पाँव रखा, उसने देखा—बकरी का धड़ एक ओर लुढ़का पड़ा है। जलती आग पर रखकर, जिसकी खाल के सारे बाल जला दिए हैं। पतली-सी लाठीनुमा लकड़ी के नोक पर बकरी का कटा सिर अटका है। गुरंग धधकती आग में उसे भून रहा है…जमीन पर चारों ओर खून ही खून बिखरा पड़ा है, जो मिट्टी के साथ सनकर काला हो गया है।

काँछा चीख पड़ा। उसने आवेश में एक जलती लकड़ी उठाई और जोर से गुरंग पर दे मारी।

गुरंग का हाथ झुलस गया था। चिंगारियाँ गिरने से कालर के पास से ऊनी कोट भी कुछ जल गया था। मुँह पर भी कुछ चोट लगी।

गुरंग ने बाज की तरह झपटकर उसे इतनी जोर से चाँटा लगाया कि वह जमीन पर औंधे मुँह गिर पड़ा था।

"मेरी बकरी तुमने क्यों काटी ? क्यों काटी ?" वह पागलों की तरह लगातार चीखे चला जा रहा था।

वह फुफकारता हुआ फिर उठने लगा था कि माँ ने पास पड़ी लकड़ी से उसे तड़ातड़ चूटना शुरू कर दिया, "मरता भी तो नहीं राकस ! इसी के लिए जी रही हूँ, पर यह है कि किसी और को जीने भी नहीं देता ! पैदा होते ही मर मुकता तो आज यह संकट न होता ! दो रोटियाँ तो कहीं से भी बटोर लेती ! इत्ती बड़ी दुनिया है…!"

कहती-कहती वह स्वयं भी रो पड़ी थी—धाड़ मारकर।

आँच पर रखी पतीली में बुद्‌बुद् मांस पक रहा था। वातावरण में तीखी गंध बिखर रही थी। समीप ही काँछा अचेत-सा सोया था। पीठ पर, घुटनों पर, जगह-जगह लकड़ी की मार के नीले निशान थे। बाईं कुहनी से लहू बह रहा था।

"येऽऽ काँछा, ले रोटि खा ले…!" माँ ने आवाज लगाई तो उसने जैसे सुनकर भी सुना नहीं। वैसा ही पड़ा कराहता रहा।

गुरंग पास ही बैठा अंगारों पर रखकर कलेजी के टुकड़े भून रहा था। उन पर नमक मिलाकर, बड़ा स्वाद ले-लेकर चबा रहा था। पास ही पीतल का गिलास था, जिसमें से घूँट भरकर वह कुछ गटक रहा था।

माँ ने मड़वे की एक मोटी काली रोटी और एक कटोरी में गरम-गरम मांस उसके पास रख दिया, जिसे काँछा ने छुआ तक नहीं।

रोटियाँ बन चुकीं तो दोनों पास बैठकर खाने लगे।

"अरे, तू नमक के साथ क्यों खा रही है—शिकार ले ले !" गुरंग ने कहा तो वह जैसे किसी दूसरी दुनिया में खोई हुई थी।

"आज बरत है न ! शिकार नहीं चलेगा···।"

"हो, हो," करता हुआ गुरंग हँस पड़ा था, "तो सब मुझे ही खाना पड़ेगा ?"

माँ ने पहला कौर तोड़ा ही था कि सहसा हाथ ठिठक गया, "काँछु, रोटि खा ले बबु !"

एक-दो बार उसने ये ही शब्द अनुनय से और दोहराए तो गुरंग को न जाने क्या सूझा ! कंबल का कोना खींचकर, उसे झकझोरता हुआ कड़ककर बोला, "ये हरामि साला, खाता क्यों नहिं ?"

कटोरी से उठाकर एक बोटी उसके मुँह पर जबरदस्ती लगाने ही वाला था कि काँछा चिल्ला पड़ा, "नहिं, नहिं, मुझे नहिं खाना···मेरी बकरी तुमने क्यों मारी ···क्यों···?" सचमुच वह फिर रो पड़ा।

"मेरे घर से ले आना हरामि···!"

"मुझे नहीं चाहिए और ! बस्स, मेरी ही बकरी मुझे दे दो।" फटी, काली आस्तीन से बहती नाक पोंछता हुआ, वह सिसक पड़ा।

माँ ने उसके माथे पर हाथ लगाया, जो तप रहा था, "कुछ खा ले काँछा···दिन-भर का भूखा है। शाम को तो कह रहा था—बड़ी भूख लगी है माँ !"

तन पर कंबल लपेटे काँछा कुछ क्षण बाद चुपचाप उठा और बाहर निकल गया—गहरे अँधेरे में।

माँ बाहर आई।

गुरंग भी।

पर वह अंधकार में ऐसा खोया था कि कहीं कुछ अता-पता ही न मिला।

थककर, हारकर दोनों भीतर चले आए थे।

काँछा पड़ोसी के जानवरों के गोठ में जाकर चुपचाप छिप गया था।

कुछ देर अँधियारे में बैठा रोता रहा। फिर तनिक भय-सा लगा तो उठ खड़ा हुआ। खूँटे के आगे अंधकार में कुछ हिलता-डुलता-सा लगता। साँकल खोलकर दबे पाँव बाहर निकल आया। अपनी मड़ैय्या के कच्चे किवाड़ के पास आकर ठिठक गया—

हलकी पीली आग उसी तरह जल रही है···भीतर से खिलखिलाकर हँसी की आवाज···गुरंग झगड़ा कर रहा है—हँस-हँसकर हाथापाई···लोग ऐसे भी झगड़ते हैं ! क्यों झगड़ते हैं ? उसकी समझ में नहीं आ पा रहा था···माँ के शरीर पर नाममात्र के कपड़े भी उघड़े हुए···वैसा ही गुरंग···

काँछा ने आँखें मूँद लीं। उसकी समझ में कुछ भी न आया, फिर भी उसे यह सब अच्छा नहीं लगा। साँकल खोलकर वह फिर पशुओं के गोठ में घुस गया। मुड़े हुए घुटनों पर सिर टिकाए,कछुए की तरह हाथ-पाँव सिकोड़े बैठ गया और सारी रात इसी तरह बैठा रहा···

सुबह दूध दुहने आई पड़ोसिन ने देखा तो अचरज में पड़ गई, "अरे, काँछा, तू यहाँ क्या कर रहा है ?"

काँछा उसी तरह बैठा रहा। सूजी हुई लाल-लाल उनींदी आँखों से अपलक देखता रहा।

इतने में उसे खोजती-खोजती माँ भी आ पहुँची।

पुचकारकर घर ले गई, "तू तो निरा-निरा पागल है रे काँछु ! रात खाना भी नहीं खाया, और इस ठंड में आकर छिप गया है ! कहीं तुझे बाघ या सियार उठाकर ले जाता तो···!"

काँछा वैसा ही गूँगा बना रहा।

आँगन में आकर उसने देखा—

ताजी कुछ हड्डियाँ बिखरी हैं—नारंगी के पेड़ की जड़ पर—सिंसुड़े के पौधे के पास।

उन्हें समेटकर उसने मुट्ठी में दबा लिया और जहाँ पर बकरी का खूँटा गड़ा था, वहीं पर उन्हें रख दिया मिट्टी और हरे पत्तों से, बड़े जतन से ढककर।

"क्या कर रहा है काँछा ?" माँ ने मुड़कर देखते हुए पूछा—सहज जिज्ञासा से।

"कुछ नहीं···बकरी को बो रहा हूँ···यहाँ पेड़ उगेगा, जिसमें बकरियाँ लगेंगी···!"

"हो—हो—हो—!" गुरंग भीतर से मुँह फाड़कर हँसता हुआ आया, "इसी के साथ-साथ तुझे भी बो दूँ तो हरामि !"

माँ को गुरंग का यह व्यंग्य अच्छा नहीं लगा। काँछा का हाथ पकड़कर वह भीतर ले गई।

"तेरे भाग का शिकार रखा है, कटोरी में। खाएगा नहीं ?"

काँछा प्रत्युत्तर में कुछ बोल न पाया। डबडबाई आँखों से देखता रहा···

गुरंग इस बार पूरे नौ दिन रहा। काँछा ने देखा—गुरंग खुश है। दिन-रात मुँह फाड़े हँसता रहता है—बात-बिना बात। इस घर के हर काम में अपने घर की तरह दखल देने लगा है। माँ भी प्रत्येक बात में उसकी राय लेती है। जो कुछ वह कहता है, वही होता है।

हमेशा गुमसुम-सी रहने वाली उदास माँ में भी उसे बड़ा परिवर्तन लगता है। गुरंग जो नए कपड़े लाया था, उन्हें बड़े सलीके से पहनती है। बालों को चुपड़कर रखती है। माथे पर लाल पिट्ठयाँ लगाती है···

जब तक बाप था, माँ ऐसे सँवरकर कभी नहीं रही। दोनों प्रायः एक-दूसरे से झगड़ते रहते। बाप को शुल्फा पीने की आदत थी, जिससे सूखकर जंग लगी काली कील-सा रह गया था। इसी बात को लेकर घर में आए दिन कुहराम मचा रहता।

"तुझे तेरे देवी चाचा अच्छे नहीं लगते ?" माँ ने एक बार पूछा तो उसने मात्र सिर हिला दिया था—आक्रोश में। इसके बाद फिर कोई प्रश्न पूछने का उसे साहस न हो पाया।

कार्तिक का महीना बीत रहा था। वृक्ष एकदम सूखे लग रहे थे—एक भी पत्ता कहीं दीखता न था। चारों ओर वीरानी ही वीरानी—डरावनी उदासी का विकट साम्राज्य ! नदी, नालों के किनारों का पानी जमने लगा था। ठोस, पारदर्शी बर्फ के शीशे-से काँकरों पर पाँव पड़ता तो कर्र्-र् से टूटने-चटकने की आवाज होती। बच्चे बच-बचकर किनारे पर चलते। कहीं स्वच्छ जल से कोई बड़ा-सा, चौड़ी थाली-सा काँकर तोड़कर, धूप में बैठकर चूसने लगते—ठंड से ठिठुरते हुए।

रात को पाला इतना गहरा पड़ता कि सुबह सारी धरती हिम की तरह सफेद लगती। जिन ठंडे स्थानों पर धूप न आ पाती, वहाँ दोपहर तक भी सफेदी छाई रहती।

कुहरा झुर रहा था। उगता ठंडा सूरज कहीं मोटे-मोटे बादलों के बीच ऐसा घिर गया था कि उसके अस्तित्व का ही आभास न हो पा रहा था।

तभी चीड़ के कच्चे किवाड़ खड़खड़ाने की आवाज सुनाई दी उसे। फटी हुई, चीकट, काली गुदड़िया लपेटे वह बाहर की ओर लपका। साँकल खोली ही थी कि

सामने गुरंग खड़ा दिखाई दिया।

"अरे, काँछा, कैसा है तू···?" गुरंग ने उसे अपने दोनों बलिष्ठ हाथों से ऊपर उठाकर जोर से चूम लिया था। परंतु गुरंग का यह लाड़ उसे रंचमात्र भी अच्छा नहीं लगा था। बिल्ली की जैसी छितरी मूँछें चुभी थीं। गाल पर लगा गीला निशान उसने उतरते ही, अपनी फटी आस्तीन से रगड़-रगड़कर पोंछ लिया था।

गोदी से उतरते ही वह झटपट दूर भाग खड़ा हुआ था।

जब-जब गुरंग आता, पता नहीं क्यों उसे एक विचित्र-सी बेचैनी घेर लेती थी !

उसे गुरंग ही नहीं, कभी-कभी तो माँ भी अच्छी नहीं लगती थी। पता नहीं क्यों एक अदृश्य शंका उसके मन के किसी कोने में घर कर गई थी—एक मूक वितृष्णा। कभी-कभी वह परेशान-सा हो उठता।

दूसरे दिन गुरंग पास के ही गाँव के किसी रिश्तेदार से मिलने गया था। माँ घर के जूठे बर्तन समेट रही थी, "काँछा, तेरी तबीयत तो ठीक है न ?"

काँछा ने जैसे सुना नहीं। अपनी छोटी-सी गुलेल पर वह कसकर धागा बाँधता रहा।

"अपने देवी चाचा के साथ चलेगा—उनके घर ? वहाँ गाय हैं। भैंस हैं। तेरे खेलने के लिए बकरियाँ भी हैं—छोटी-छोटी··· ।"

काँछा इस बार भी उसी तन्मयता से लगा रहा।

"तेरे चाचा कहते हैं, वहाँ पक्का मकान है। लंबा-चौड़ा आँगन। दाड़िम, अखोड़, संतोल के पेड़ हैं··· ।"

"···"

"और कुछ भी न मिला तो कम से कम भरपेट रोटी तो मिल जाएगी—दो छाक। तन ढकने के लिए फटे-पुराने कपड़े···यहाँ किसके सहारे रहें रे ? तेरे पिता को गए, इत्ते दिन हो गए···जिंदा होते तो क्या अब तक घर न लौटते···?" माँ का गला भर आया था।

"तू जा···मुझे कहीं नहीं जाना··· ।" वह अभी गुस्से से कह ही रहा था कि माँ उसके भोले-भाले चेहरे को, उस पर उभरती-उतरती गुस्से की रेखाओं को देखती रही। फिर झट से उसे प्यार से चूमती हुई बोली, "यहाँ क्या अकेला ही रहेगा ?"

"हाँऽ।" उसने दृढ़ता से कहा।

"क्या खाएगा ? किसके पास रहेगा ?"

"स्याना सेठ की नउकरी करूँगा···।"

माँ जोर से हँस पड़ी, "क्या कहा, तू नउकरी करेगा ? पगला !"

"तो मामा के घर चला जाऊँगा···!"

माँ और भी जोर से हँस पड़ी थी।

पीठ पर बँधे बाँस के लंबे डोक्के में कपड़े-लत्ते, बर्तन-भाँड़े समेटकर वह आगे-आगे चल रही थी। उसके पीछे पिट्ठू लटकाए, बाँस की लंबी लाठी टेकता हुआ देवी गुरंग। सबसे पीछे, अपने टखनों तक बाप का फटा सूती कोट लटकाए काँछा—जाड़े से थर-थर काँपता हुआ—पीठ पर पोटली बाँधे।

सारी बटिया सफेद पाले की मोटी परत से ढकी थी। उस पर चलते-चलते उसके मुट्ठी के बराबर छोटे नंगे पाँव सुन्न हो रहे थे। वह बार-बार किसी पत्थर पर, पाँव झटकते हुए तलुवे रगड़ रहा था, ताकि संज्ञाशून्य होते पाँवों में तनिक ताप आए।

मुँह से गहरी भाप उठ रही थी, हलके कुहासे की तरह। फटे कोट की लंबी जेबों में उसने अपने दोनों हाथों की बंद मुट्ठियाँ ठूँस रखी थीं, बाँट-बट्टे की तरह। दाहिनी जेब के अंतिम सिरे में रामबाँस की पतली-सी रस्सी का वह टुकड़ा भी था, जिससे वह कभी अपनी दिवंगता बकरी को बाँधा करता था !

ठीक मकई के खेत पर रखवाली के लिए खड़े किए गए पुतले जैसा लग रहा था वह !

गुरंग इससे पहली बार उसके लिए जो कपड़े लाया था, उसने छुए तक न थे।

कहाँ जा रहे हैं ? किधर ? उसकी समझ में न आ पा रहा था।

नीचे, गहरी, अँधेरी घाटी की ओर तीनों चुपचाप आगे बढ़ रहे थे। रास्ता ऊबड़-खाबड़, कच्चा। सारे वन में धुंध-सी छाई थी—सफेद धुआँ-जैसा ऊपर की ओर उठ रहा था। किसी पक्षी का 'घुग्घू' उदास स्वर बिखरकर, वातावरण में और भी उदासी बिखेर रहा था। बटिया के किनारे-किनारे एक लोमड़ी अपनी झब्बेदार दुम दबाए भाग रही थी। कुछ कदम चलने के बाद, पलटकर फिर पीछे देखती और उसी गति से लपक-लपककर दौड़ती हुई आगे बढ़ती। लंबी पूँछवाला एक बड़ा-सा रंग-बिरंगा पक्षी बुरौज की एक टहनी से उड़कर झप्पू-से दूसरी पर बैठ गया था···

काँछा को ठोकर लगी। वह गिरते-गिरते बचा कि तभी गुरंग ने गुस्से से देखा, "आँख देखकर नहीं चलता कानि का छोरा ! मरने पर ही उतारू है तो कुत्ते के

पिल्ले, नीचे नदी में छाल मार ले !"

काँछा के पाँव का एक नाखून नीला पड़ गया था। असह्य वेदना से तड़पता हुआ वह किसी तरह आँसू रोके रहा—गुरंग की मार के भय से।

नया इलाका। नया गाँव। नया घर। नया पिता। नया परिवार।—उसे सब अजीब-सा लग रहा था—एकदम अपरिचित। बेगाना।

मकान पक्का था—पत्थर का। नीचे गोठ में पशु बँधते, ऊपर की मंजिल में लोग रहते। घर, काँछा के अपने घर से बड़ा था, पर यहाँ रहने वालों की संख्या भी कम न थी। घर की मालकिन के अपने ही सात बच्चे थे—वह स्वयं माँ से अधिक दादी लगती थी। सुरकने वाले कपड़े के बटुए-जैसा मुँह था, जो दिन-रात हर समय खुलता-बंद होता रहता। गालियों का सिलसिला भी अबाध चलता। जब से माँ के साथ वह पहुँचा है, कहते हैं, उसका तीखा-कर्कश स्वभाव और भी तीखा हो गया है। घर में हर समय गृह-युद्ध की-सी भयावह स्थिति !

उसके नए पिता ने गलत नहीं कहा था। नीचे गोठ में बादामी रंग की बूढ़ी बकरी अवश्य थी, जिसकी तीन पाठियों में अब मात्र एक ही शेष थी—जिसकी चमकीली, चिकनी पीठ पर काले रंग के बड़े-बड़े चकत्ते थे। खुरों से ऊपर तक चारों पाँव भी एकदम स्याह काले। किनमोड़े की कँटीली हरी पत्तियों को चबाती हुई वह दिन-भर मिमियाती रहती। शायद माँ का सारा दूध दुह लिया जाता और उसके लिए कुछ भी बच नहीं पाता। घास भी भरपेट नहीं। तभी तो पीठ से पेट मिला रहता था ! खूँटे-जैसे सींग निकल आए थे, पर किसी को मारती न थी। जिस खंभे के सहारे बँधी रहती, उसे ही कभी सींग से खुरच लिया करती थी।

इसके साथ खेलने को कभी भी उसका मन न हुआ। जैसे घर की अन्य वस्तुएँ पराई लगने लगीं, ठीक उसी तरह यह बकरी भी। अतः दूर से ही देखकर रह जाता—अजीब-से विरक्त भाव से।

माँ के प्रति अब कहीं उतना अपनापन नहीं रह गया था। कहीं दरार-सी पड़ गई थी—दूरी की। उसे लगता, उसकी अपनी अन्य वस्तुओं की तरह माँ भी तो छिन गई है। रात को कभी नींद उचटती तो भय-सा लगता। बिछौने पर वह अपने को अकेला पाता, पता नहीं माँ उठकर कहाँ चली जाती थी !

घर का कोई भी बच्चा उसके साथ खेलता न था। सब दूर-दूर से ही, अचरज से उसकी ओर देखा करते, जैसे वह कोई अजूबा हो।

इन अनजान, अपरिचितों के घर में उसे क्यों ले आई माँ ? यहाँ रहकर उसे क्या सुख मिलता होगा ? इससे अच्छा था, अपना वही पुराना घर ! कम से कम अपनापन तो था। माँ प्यार तो कर लिया करती थी। काजु, घियों के साथ खेलता हुआ वह अपने को कितना खुश अनुभव करता था ! पड़ोस की बुड़ि आमा कभी-कभी अपने पेड़ से तोड़कर संतोले दे दिया करती थी…

उसे लगता, उसकी इन सारी परेशानियों का कारण मात्र वही व्यक्ति है, जिसने अपने भारी-भरकम बूटों से उसके नन्हे घरौंदों को कुचल दिया है। बिल्ली की जैसी मूँछों वाला यह व्यक्ति उसे कभी भी अच्छा नहीं लगा था। उसकी बकरी खाने के बाद तो बिलकुल भी नहीं !

इतना सब होने के बाद भी भरपेट खाने को नहीं !

“कल से काँछा गाय-बकरियों को चराने जंगल ले जाएगा।” उसने एक दिन नड़कते हुए आदेश दे दिया था।

उसे गाय-बछियों को चराने से उतना भय नहीं लगता, जितना वहाँ के भीषण, अँधेरे वनों से। कहते हैं, मेलिया बाघ हर रोज किसी न किसी का पशु उठाकर ले जाता है—दिन-दोपहर—सबके सामने।

सुबह माँ ने विरोध किया। बाघ-भालू कहीं इसे ही उठाकर ले गए तो वह क्या करेगी ? इस पर नए बाप ने मुँह फाड़कर हँसते हुए कह दिया था, “ले ही जाते तो क्या अच्छा नहीं रहता ! इस करमजले का क्या करें ? घिस-घिसकर चंदन लगाएँ, क्यों ?”

अभी तीसरा दिन भी बीता न था कि सचमुच एक बाघ एक दुधारू गाय को उठाकर ले गया था। यह समाचार मिलते ही घर में भूचाल आ गया था। हर कोई काँछा पर बरस रहा था, “सो गया होगा कानि का छोरा ! तभी तो बाघ उठा ले गया। जागा होता तो शोरगुल न मचाता। आग न जलाता। और तब जानवर डरकर भाग न जाता !”

रात को खेतों से लौटने के बाद नए बाप ने इतनी बेरहमी से मारा कि उसके नवनीत-से सुकोमल, गोरे गालों पर पाँचों अँगुलियों की छाप पड़ गई थी।

“हरामि का छोरा, अब और लापरवाही करेगा ?”

“न…हीं…!”

रात को रूखी रोटी भी न देकर उसे गोठ में पशुओं के साथ बंद कर दिया था।

खाना खाकर जब सब सो गए, तो गाय-बछियों को घास डालने के बहाने माँ

नीचे उतरी। काँछा पयाल के ढेर के ऊपर गुमसुम-सा लेटा था।

"काँ—छा—?"

"…।"

माँ ने हाथ में थमी धुँधली लालटेन ऊपर उठाकर देखा। काँछा के मुरझाए चेहरे की ओर क्षण-भर देखती रही, अपलक। बगल में छिपाई दो सूखी रोटियाँ उसकी ओर बढ़ाईं। उसके बर्फ-से ठंडे माथे को प्यार से सहलाया, "तुझे सचमुच यहाँ अच्छा नहीं लगा रे…?"

"…।"

"अपने मामा के यहाँ जाना चाहता है ?…वहाँ भरपेट रोटी नहीं भी मिलेगी, पर मार तो नहीं पड़ेगी…!"

"…।"

"तो चल, अपने गाँव लौट चलें। दो-चार खेते हैं रूखे, सिर छिपाने के लिए छानी। जैसे अब तक गुजारा चलता था, आगे भी चला लेंगे…"

"…।"

"अरे, तू रो रहा है काँछा ?" उसके माथे पर अपना माथा टिकाकर माँ भी रो पड़ी—जोर से।

दो-ढाई महीने ही अभी बीते होंगे।

जाड़ा जा रहा था, पर सूरज वैसा ही ठंडा था—बुझा हुआ। हवा भी वैसी ही सनसनाती हुई, छीलती। पर धीरे-धीरे पहाड़ों का रंग बदलने लगा था। बाँज, खरसू, बुराँश के मोटे-मोटे खुरदरे पत्तों के स्थान पर अब फिर नई-नई कोंपलें थीं। चारों ओर हलकी-हलकी हरियाली उभरती हुई।

माँ एक दिन पशुओं के लिए घास काटकर लाने जंगल गई थी कि छिछली चट्टान पर बिछे चीड़ के घुसले पिरोल पर पाँव फिसला और वह घास के गट्ठर के साथ गठरी की तरह लुढ़कती-ढुलकती गहरी, अँधेरी घाटी में समा गई थी—जहाँ छन-छंन, मन-मन करती नदी बहती थी। ऊँचे-ऊँचे पहाड़ों से घिरी पाताल-सी गहरी घाटी के ऊपर चीलें उड़तीं तो डर लगता, कहीं गिर पड़ीं तो !

दूसरे दिन किसी तरह गाँव के लोग नीचे उतरे तो वहाँ क्षत-विक्षत अवशेष मिले। शव को ऊपर लाकर भी क्या करते ! अतः वहीं नदी के किनारे पर बहकर आई चीड़ की लकड़ियों के ढेर में उसे जला दिया था।

लोगों के साथ-साथ काँछा भी सबके पीछे-पीछे नीचे उतर आया था। अपनी माँ का शव देखकर, वह फूट-फूटकर रोने लगा तो पास खड़े किसी व्यक्ति ने हाथ पकड़कर झिड़क दिया था—"कानि का छोरा—!" उपेक्षा से गाली फेंककर आगे न रोने की चेतावनी भी दे दी थी।

काँछा दूर खड़ा सजल नेत्रों से देखता रहा—

माँ के रक्त-रंजित, क्षत-विक्षत शव को सफेद कपड़े में लपेटते हुए···नदी के किनारे उठाकर ले जाते हुए···शव को पानी में धोते हुए···लकड़ी के ढेर के बीच माँ की लाश को रखते हुए···और अंत में धू-धू कर जलते हुए।

दाह-क्रिया में ही साँझ हो गई थी।

नहा-धोकर सब घर की ओर बढ़ने लगे तो उनके पीछे-पीछे उदास काँछा भी चलने लगा—तीखी चढ़ाई में हाँफता-काँपता हुआ। हताश। निराश।

सब अपने-अपने घरों को चले गए, पर काँछा देर तक बटिया पर ही खड़ा रहा—किंकर्तव्यविमूढ़। किसके घर जाए ? कहाँ ? उसकी समझ में नहीं आ रहा था। पत्थर के जिस मकान में माँ एक दिन उसे लाई थी, उसने कभी भी उसे घर नहीं माना। पर अब तो माँ भी नहीं रही !

किसी वीरान घर के दालान पर वह बैठ गया। सारी रात घुटनों में सिर छुपाए, ठंड से ठिठुरता हुआ बैठा रहा।

सुबह उदो-उदो से पहले ही वह निकल पड़ा। सामने जो भी रास्ता दीखा, बढ़ता चला गया।

भूखा-प्यासा ! थका-माँदा !

सारा दिन वह चलता रहा।

रात के अँधियारे में जिस घर के कच्चे आँगन में उसके पाँव ठिठके, वह किसी हद तक परिचित था। पहले भी यहाँ रहा था। माँ तब स्वयं पहुँचा गई थी···

उसे देखकर मामा का मन पसीज उठा, पर मामी का व्यवहार सहसा कटु हो आया, "यह बला भी हमारे ही गले अटकनी थी ! अपने ही बच्चों को पालना कठिन है, उस पर यह मुसीबत !"

"अरे, गाय-डंगर चरा देगा। घर का भी कुछ कामकाज कर देगा कभी ! यह मुला-टुला अकेला कहाँ जाएगा ?···फिर यह भी तो सोच कि एक नौकर मिल गया मुफत का···।"

चॉक में बैठे काँछा ने जैसे सुनकर भी कुछ सुना नहीं। उसकी बड़ी-बड़ी निरीह आँखों में एक पूरा रेतीला टीला समा आया था। उससे चाहकर भी कुछ बोला नहीं जा रहा था। जड़वत् वह शून्य में ताक रहा था···

अपने हिस्से की बची-बचाई रोटियाँ या मुट्ठी-भर चिउड़े, एकाध तिल के लाडू माँ छिपाकर उसकी फटी जेब में डाल जाती थी। कभी-कभी चा का गरम पानी निगलने के लिए मिली गुड़ की गीली डली भी। रूखे सिर पर हाथ फेरती हुई कहती, "कैसे लंबे-लंबे बाल बना लिए हैं, झुप्पू के जैसे ! चोटी पर गाँठ तो पाड़ लिया कर ! चोटी तब खुली रखते हैं पगले, जब माँ-बाप मरते हैं। अभी तो मैं जिंदा हूँ रे···!"

दोनों हथेलियों में मुँह छिपाकर वह न जाने कब तक बैठा रहा, गूँगे पशु की तरह···

मामा गाय-डंगरों के रहने के लिए एक नया खरक बना रहे थे—नई झोंपड़ी। सारा दिन वह छत ढकने के लिए सूखी घास सारता रहा। चिरी, अधचिरी बल्लियाँ, तख्ते खींचता रहा, जिससे दोनों नन्ही-नन्ही हथेलियाँ छिल गई थीं। जगह-जगह फफोले उभर आए थे···।

एक दिन शाम को बटिया के किनारे वह आग जलाए बैठा था। डंगर इधर-उधर चर रहे थे। आसमान काले बादलों से भरा था। वर्षा के जैसे आसार थे। फुर-फुर ठंडी हवा बह रही थी। तन के लटके चिथड़े उड़ रहे थे। सर्दी से ठिठुरता हुआ, पहले वह आग सेंकता रहा। तन में ताप न आया तो बाँज के पत्ते की शुल्फई बनाकर उसमें तमाखू का बुरादा भरकर उसके ऊपर एक अंगारा रख दिया और नीचे से साँस लेता हुआ धुआँ उगलने का प्रयास करने लगा।

थके-से कुछ राहगीर बटिया से जा रहे थे। खमाखम ! जलती आग देखकर सहसा ठिठक पड़े, तमाखू पीने के लिए।

"कहाँ जा रहे हैं ?" उसने जिज्ञासा से पूछा।

"दुउर···कालि गंगा पार···बरमदेव मंडी···हिंदुस्तानी राज में···!"

"क्या करोगे वहाँ ?"

"कुल्ली, मजदुरी, नउकरी।"

"मेरे को भी कुल्ली, मजदुरी मिलेगा···?" कुछ अतिरिक्त उत्साह से वह बोला।

वह अभी कह ही रहा था कि सब एकाएक हँस पड़े, "तू करेगा कुल्लिगिरी ? घुघता साल्ला···"

वह अबोध भाव से उनके हँसते चेहरे ताकता रहा।

"यहीं मजूरि क्यों नहीं करता ?" गोल दायरे में आग के किनारे बैठे तरुण ने सहानुभूति से पूछा।

अपने छोटे-से हाथ नचाता हुआ वह बोला, "यहाँ कहाँ नउकरि-चाकरी ?···दिन-रात काम-काम ! उस पर मामी रोटि नहीं देती···।" वह रुआँसा हो आया।

"आमा नहीं—?"

"नाँ···!"

"बाज्या-बाप···?"

"नहिं।"

"भाई-बहन ?"

उसने सिर हिलाकर 'नहीं' कहा।

अंतिम सिरे पर बैठे अधेड़-से व्यक्ति ने सहानुभूति से देखा, "चल सकेगा, उतनी दूर ?"

"हआँऽ।" उसने उत्साह से कहा। उसके कहने में बड़ा आत्मविश्वास था।

"हमारे साथ चलेगा तो तेरा मामा मारेगा नहीं···?"

"नहिंऽ ?"

"तो चल फिर···!"

कुछ देर सुस्ताने के पश्चात् वे चलने लगे तो वह भी वैसा ही पीछे-पीछे हो लिया। गाय-डंगरों की तरफ उसने एक बार मुड़कर भी देखा नहीं।

तेल्या, पुंतरिगढ़, जंगार्या, लमभावर···

ज्यों-ज्यों वह आगे बढ़ रहा था, त्यों-त्यों कहीं बड़ा हलकापन-सा लग रहा था उसे। जैसे बहुत बड़ी कैद से मुक्ति मिली हो—साँस लेने के लिए एक खुला हुआ अनंत आसमान ! थकान के बावजूद भी वह अपने को बहुत हलका अनुभव कर रहा था।

रास्ते में सभी बातें करते जा रहे थे—बहुत सुख है वहाँ ! मिहनत-मजूरी के बाद भरपेट खाना। कपड़ा-लत्ता ही नहीं, ऊपर से तनखा भी। लौटते समय नून-तेल, कपड़ा-बर्तन-भाँड़े···!

हिंदुस्तानी राज में अच्छी नौकरी मिल गई तो बूट-पट्टी···कोट-पतलून···खुखरी लटकाकर चउकीदारी···रात को सीटि-डंडा, दिन को मउज-मसती···

सुनहरे सपने !

सुनहरी जिंदगी !

रास्ते-भर चलते-उठते, बैठते-सोते उन्होंने कितने ही किस्से सुनाए थे—परिचितों के। अपरिचितों के। धराँसी का धरम बहादुर कैसे घर से भागकर गंगा पार हिंदुस्तानी राज में गया था। तीन-चार साल बाद घर लौटा था—सिर से पाँव तक एकदम लकदक। सिर पर नमदे का खाकी टोप, लंबे बूट, कमर में चमड़े की चौड़ी पेटी, ताँबे का आदमी के बराबर ऊँचा रोचा लाया था। चमचम कपड़े, चूड़ि-बिंदा, फूलछाप लोहे का बड़ा बक्सा···

कल रात जोगबड़ा में सोते समय नरसिंह छेत्री बतलाता था—चार-पाँच साल पहले डंडेलधूरा के बड़े हाकम के साथ वह महेंदर नगर गया था—सामान ढोते हुए। वहाँ डिट्ठा के यहाँ खूब भात मिला था। रोटी मिला था। दो बखत चीनी का चा। बीड़ी। पूरे दस दिन रहा था। बड़े मजे थे वहाँ। गुड़ भी खाने को मिल जाता था···बड़ा हाकम के साथ लौटना न होता तो वहीं रहता···

एक अनोखा संसार लग रहा था उसे। स्वप्नमय ! महेंद्र नगर देखकर तो आँखें खुल आई थीं। भय लगा था। बड़ा बाजार। अफसर-हाकम। दहशत-सी हुई थी। सड़कों पर इत्ती सारी भीड़ ! ये लोग कहाँ जा रहे होंगे ?

महेंद्र नगर से आगे—

इतना लंबा, पक्का पुल उसने जिंदगी में पहले कभी भी नहीं देखा था। बनबसा, खटीमा, चकरपुर। लोहे की गाड़ी। मोटर-टरक। दो पहिए वाली, सड़क पर भागने वाली लोहे की घोड़ी।

दो-तीन साथी महेंद्र नगर में ही रह गए थे—किसी के फारम में। कुछ टनकपुर मंडी की तरफ चल दिए थे। एक बनबसा में लकड़ी के टाल पर···जबर बहादुर के साथ काँछा आगे बढ़ा, किसी काम की तलाश में।

"अए, डोटियाल दाइ, नौकरी करेगा ?" खटीमा बाजार में अभी प्रवेश ही किया था कि नुक्कड़ की दुकान पर पालथी मारे बैठा मोटा-सा हलवाई बेरुखी से बोला।

उसने मुड़कर देखा—

मिठाइयों के ढेर के बीच बैठा लाला उसे बड़ा सौभाग्यशाली लगा। इत्ती बड़ी दुकान ! ढेर सारी रंग-बिरंगी मिठाइयाँ। मोटा-ताजा। खाता-पीता। तोंद कुछ-कुछ आगे की ओर निकली हुई। ऊपर बाँहकटी पहने है। दोनों आँखों पर गोल-गोल

दो दरपन के जैसे टुकड़े···

"करेगा, लालाजि, करएगा··· ।" जबर बहादुर हाथ जोड़ता हुआ, विनम्र भाव से समीप आया था। दुकान के आगे तिरपाल का पुराना चिथड़ा टँगा था, स्लेटी रंग का, फटा हुआ—रस्सियों के सहारे हवा में झूलता हुआ। वे दोनों उसके नीचे तक बढ़ आए।

"बोल, क्या लेगा ?"

"जो मजदुरी लालाजि देगा, लेइ लेगा।" दोनों हाथों को परस्पर मलते हुए, उसने दीन-भाव से झुककर कहा।

कसाई जैसे बकरे खरीदता है, लाला भी लगभग वैसी ही उपयोगिता की दृष्टि से उन दोनों को तोलता रहा। कुछ सोचता हुआ बोला, "बड़े को नहीं रखेगा। छोटा ठीक है। दुकान में पानी भरेगा ! बर्तन-सर्तन साफ करेगा !"

प्रत्युत्तर में सहसा दोनों कुछ न बोले तो लाला ने तनिक ऊँचे स्वर में कहा, "क्यों रे, करेगा कि नहीं ?"

"करेगा, लालाजि, जरूर करेगा··· ।" जबर बहादुर ने उत्तर दिया, "यह छोरा गरीब है। आमा-बा कोई नहीं··· ।" फिर मुड़कर काँछा की ओर देखा, "क्यों काँछा, लाला की नउकरी करेगा ?"

काँछा ने मौन स्वीकृति में सिर हिलाया।

"क्या लेगा महीना-भर का ?" लाला ने पूछा।

"जो माई-बाप देगा, हजूर, लेई लेगा !" जबर बहादुर ने उत्तर दिया।

"नकद चार रुपिया महीना देगा। खाना-पीना देगा। कपड़ा-लत्ता देगा। चाय-साय, बीड़ी-सीड़ी सब देगा।" लाला जितना-जितना कहता जा रहा था, कृतज्ञता के भार से दोनों झुकते जा रहे थे।

"क्या नाम है दाइ तेरा ?" लाला को जैसे कुछ याद आया।

"काँछा।"

"काँछा ?" लाला अपना पोला मुँह फुलाता हुआ जोर से हँस पड़ा, "यह क्या होता है ?"

"नाम है हजुर··· ।" जबर बहादुर ने कहा।

"तो अब खड़ा क्यों है ? काम पर लग जा अभी से। नौकरी पक्की··· ।" लाला ने सामने रखी रीती बाल्टी की ओर इंगित किया, "इसे बाहर कमेटी के नल पर लगा दे, भर जाए तो उठा देना।" उसकी ओर देखते हुए तनिक रुककर कहा, "उठा सकेगा ?"

काँछा उसकी भाषा अधिक समझ न पाया। फिर भी इतना तो पल्ले पड़ ही गया कि लाला बाल्टी भरने का आदेश दे रहा है।

लाला को जैसे कुछ स्मरण हो आया। तनिक पसीजता हुआ बोला, "छोकरे, पूरी नहीं उठा पाएगा। इसलिए आधी-चौथाई ही लाना, समझे !" 'समझे' पर जितना अधिक जोर था, उससे अधिक सहानुभूति।

"लालाजि, यह गरीब है···अब आप ही माइ-बाप हो···!" हाथ जोड़ता हुआ जबर बहादुर बोला, "जैसे तुम रखेगा, यह रहेगा···।"

"अरे, हम कौन कह रहे हैं कि यह अमीर है। तुम फिकर मत करो। छोकरा अपने घर की तरह रहेगा···हाँ, चोरी-चकारी तो नहीं करेगा ?"

"न्नाँ, न्नाँ सेठजिऽ। ऐसा नहीं ! छोरा ईमानदार है। चोरि नहीं करेगा। तुम तो माई-बाप हो। चोरि करेगा तो परलोक नहीं बिगड़ेगा ! नर्ग में नहीं जाएगा !" हाथ जोड़कर जबर बहादुर ने उत्तर दिया।

"तुम क्या करेगा ?"

"नउकरी-सौकरी करेगा—कुल्लिगिरी···!" हाथ जोड़कर वह चला गया।

काँछा का सारा दिन जूठे बर्तन माँजने, जूठी पत्तलें उठाने में ही बीत जाता। लाला ने अपनी उतारी हुई फटी कमीज दे दी थी—जिसके अंदर तीन व्यक्ति आसानी से समा सकते थे। सामने 'शर्मा रेडीमेड वस्त्र भंडार' से नीली जीन का एक हलका-सा जाँघिया खरीद दिया था।

एक नौकर और था, इससे कुछ बड़ा, जो लाला के बगीचे वाले घर में ही रहता था अब। एक दिन काँछा घर से लाला के लिए दिन का भोजन ला रहा था, तो शरारत से उसके कान के पास मुँह ले जाकर बोला, "लाला अच्छा आदमी नहिं। बीबी को ससुराल में ही छोड़ रखा है···।" वह अपने आप हँस पड़ा था।

जिस दिन रात को लाला अधिक देसी पी लेता, दुकान पर ही रह जाया करता था।

इस चमक-दमक के बीच काँछा के अबोध मन में कहीं विरक्ति का भाव भर रहा था—वितृष्णा का। ऐसा सब क्या है ? क्यों ?—उस अबोध की समझ में नहीं आता था।

सारी रात पानी बरसता रहा था। जंग लगी पुराने टीन की टूटी छत जगह-जगह से टपकती रही, जिस कारण काँछा सो न पाया था। सुबह जैसे ही आँख लगी कि

किसी ने जोर-जोर से किवाड़ भड़भड़ाए। अचकचाकर जागा वह। देखा—चौखानेदार तहमद और बनियान पहने सामने चट्टान की तरह लाला खड़ा है, बाएँ हाथ में काली छतरी थामे पानी से तर ! लाल-लाल आँखों से घूर रहा है।

आँखें मलता हुआ वह अभी देख ही रहा था कि लाला ने आव देखा न ताव, तड़ाक् से एक चाँटा उसके गाल पर लगा दिया, "बतासे की औलाद, तू अब तक सो रिया है ! दिन कब का निकल आया ! बस के सारे पिसिनजर आज हाथ से निकल जाएँगे। ध्याड़ी मारी गई···!"

काँछा भौचक-सा गाल मलता बोला, "बाबू साब, ऊपर से पानी आता रहा—अइसेऽ ! अइसेऽ !" छोटे-से हाथ नचा-नचाकर वह बतला ही रहा था कि लाला ने दूसरा चाँटा जड़ दिया, "पानी के बच्चे, अब बहाना बनाना भी सीख गया है !"

चाँटा इतनी जोर का लगा कि उसका माथा झनझना आया। नन्हे-से नंगे पाँव थर-थर काँपने लगे। आँखों के आगे अँधेरा !

अपने दोनों हाथ जोड़ता हुआ, क्षमायाचना के स्वर में बोला, "परभु, गल्ती होइ गिया। माँफी···परभु !" उसका कंपित स्वर लड़खड़ा आया।

"सूरज छत पर चढ़ आया। टेसन की चा की सारी दुकानें कब की खुल गईं। आज की सारी गाहकी तेरी माँ की··· ।"

लाला ने मुठिया के पास ही बटन दबाकर, झप्पू-से गीली छतरी बंद कर दी और पतली नुकीली नोक की तरफ से, किवाड़ के सहारे उलटी खड़ी कर दी, "सूअर की औलाद, देखता क्या है मेरा मुँह ! जा, जल्दी-जल्दी दरबज्जे खोल। बुहारी लगा··· ।"

अभी वह सिरकी से सड़ाक्-सड़ाक् झाड़ू लगाकर धूल उड़ा ही रहा था कि खादी के मैले झाड़न से तराजू और बट्टों पर जमी धूल झाड़ते हुए लाला ने कहा, "बछिया के ताऊ, जल्दी-जल्दी हाथ चला···अच्छा, छोड़ इसे। बाद में आँगन पै बुहारी लगइयो, पैले अँगीठी सुलगा। कौले डाल··· ।"

काँछा ने रोज की तरह पहले अँगीठी में लकड़ी की छोटी-छोटी गिट्टियाँ लगाईं। फिर उसके ऊपर पत्थर के टूटे कोयले। पर आग थी कि आज जलने का नाम ही नहीं ले रही थी। गीली लकड़ियों से केवल धुआँ उमड़कर रह जाता। अँगीठी के पास बार-बार मुँह ले जाकर फूँक मारने से आँखें लाल हो गई थीं। उनसे पानी बह रहा था। मैली, फटी आस्तीन से लगातार आँखें पोंछता हुआ, वह बहती नाक सुड़क रहा था।

लाला गुल्लक के पास, गद्दी पर बैठा, देर तक यह तमाशा देखता रहा—भीतर

ही भीतर सुलगता रहा। तभी एकाएक पता नहीं क्या क्रोध चढ़ा उसे। बिदके साँड़ की तरह उछलता हुआ कूदा। अँगीठी पर लात जमाकर उसकी ओर मुड़ा। दो हाथ उसके लगाकर, पिल्ले की तरह कान घसीटता हुआ, सड़क के उस पार तक छोड़ आया, "ससुरा, कमजात ! खावे है किल्लो-किल्लो भात भकर-भकर ! काम के नाम पर जे हाल ! अँगीठी भी सुसरे को जलानी नाँ आबे है !··· निकल्जा··· निकल्जा साले ! अब इधर फटका तो हरामजादे की दोनों टाँगें तोड़ दूँगा···!"

आसपास की दुकानों के लोग, सड़क पर चलते सभी मुसाफिर इकट्ठा हो गए थे—लाला हरदुआरी लाल का तमाशा देखने के लिए।

तहमद की लाँग ऊपर बाँधकर स्वयं अँगीठी सुलगाने में जुट गया, गालियाँ बकता हुआ।

सड़क के दूसरे किनारे पर, बगीची की दीवार के पास, अमियाँ के बूढ़े पेड़ के तले, पत्थर पर बैठा काँछा कुछ देर तक सिसक-सिसककर रोता रहा। बारिश की बौछारें जैसे ही फिर तेज हुईं, वह पेड़ से सटकर खड़ा हो गया। पानी की मोटी-मोटी लकीरें शाखाओं से सरककर तने को भिगोने लगीं तो वह दौड़ता हुआ टेसन की ओर मुड़ा और प्लेटफॉर्म के नीचे खड़ा होकर भय से चारों ओर देखने लगा।

प्लेटफॉर्म के किनारे, समतल जमीन पर, दूर तक लोहे की दुहरी पटरियाँ बिछी हैं। उनके दोनों किनारों पर पत्थर की छोटी-छोटी गिट्टियाँ बिछी हैं। धूल, राख और कोयले के कारण एकदम काली लग रही हैं। बहुत-से कुली अपने कंधों पर चिरी हुई लकड़ी के शहतीर उठाए, पटरी पर रखे लोहे के खुले डिब्बों में चढ़ा रहे हैं—नीचे बल्लियों का खड़ा पुल-सा बना रखा है, जमीन से डिब्बे तक चढ़ने के लिए।

दूसरी ओर की पटरी पर भी कुछ खुले डिब्बे हैं, जिनमें मजदूर गोल-गोल, बड़े-बड़े सफेद चिकने पत्थर भर रहे हैं। ऐसे पत्थर तो नदी के किनारे-किनारे कितने बिखरे रहते हैं, कोई पूछता तक नहीं। फिर इन्हें इस तरह कहाँ ले जा रहे होंगे ? क्या करेंगे इनसे ?···दाहिनी तरफ लकड़ियाँ ही लकड़ियाँ ! तरतीब से, अलग-अलग चट्टे बने हैं। जंगल में तो ऐसी कितनी लकड़ी पड़ी रहती हैं !···एक मरियल-सा कुत्ता कूड़े के ढेर में से पत्तलें नोच रहा है···बरखा के पानी में भीगे कुछ मजदूर सिर छिपाने के लिए दौड़ते-हाँफते उस ओर आ रहे हैं, जहाँ वह बैठा है···

शाम तक वैसा ही भूखा-प्यासा वह बैठा रहा। जब-जब उसे अधिक भूख लगती, माँ की याद आ जाती। माँ खुद भूखी रहकर भी उसके लिए आले में रोटी

छिपाकर रखती थी। रोटी न हो तो मकई होती। ककड़ी, मूली, दाड़िम-अखोड़—पता नहीं कहाँ-कहाँ से माँगकर, बटोरकर उसके लिए रखती थी। जब से जेठा दाइ मरा उसके प्रति माँ की ममता और भी अधिक बढ़ गई थी। लोग कहते, उसका बड़ा भाई बीमारी से मरा था, पर माँ का कहना था कि वह भूख से मरा था। बीमारी से ठीक होने के बाद पथ्य में देने के लिए उसके पास दो दाने चावल के भी नहीं थे। उसने चुपके से पता नहीं क्या खा लिया था, जिससे उसी रात उसकी मृत्यु हो गई थी…।

बारिश अब बंद हो गई थी। तापहीन धूप का टुकड़ा, फटी चादर की तरह मटमैली धरती पर बिछा था। बादल अभी तक छाए हुए थे आसमान पर। पहले वह देर तक प्लेटफॉर्म पर ही इधर-उधर भटकता रहा। पाँव थक गए तो प्लेटफॉर्म की छत से लगे लोहे के गोल खंभे के सहारे खड़ा हो गया। फिर बैठ गया। बैठे-बैठे पता नहीं कितना समय बीता ! उसकी पथराई पलकें मुँदने लगीं तो बित्ते-भर की जगह पर, कपड़े की गीली पोटली की तरह मुड़ा-तुड़ा वह सिमटकर सो गया। देर तक सोया रहा।

तभी किसी ने डंडे से कोंचा तो वह हड़बड़ाकर जागा। देखा—सामने लंबा-चौड़ा आदमी है—बूट-पट्टी कसा हुआ, "हियाँ क्या कर रिया रे, जिनावरऽ !"

आँखें मलता वह देखता रहा।

"देखता किया है ? उट्ठ हियाँ से !" उसने डंडे को हलके से ऊपर-नीचे हिलाते हुए कहा, "चोर-उचक्के सभी कमजातों के लिए यही जगै है…।"

"…।"

"उठ्-उठ् !" डंडे की नोक से कोंचकर उठाने लगा तो वह डरे हुए कुत्ते की तरह चुपचाप बाहर निकल गया।

बत्तियाँ जल चुकी थीं। पीलीभीत की तरफ से आने वाली गाड़ी की प्रतीक्षा में बेंच पर बैठा फौज का एक जवान यह सब देख रहा था। पुलिस का सिपाही चला गया, तब भी वह लड़का प्लेटफॉर्म के बाहर, नीम के पेड़ के नीचे वैसा ही बैठा रहा। उसके सामने ही बरखा के पानी के कारण हथेली के बराबर नन्ही-सी तलैया बन गई थी—जिसमें फुर्-फुर् चिड़ियाँ नहा रही थीं।

बादल घिर-घिरकर उमड़ रहे थे।

ज्यों ही फुहारें शुरू हुईं, वह थर-थर काँपता फिर प्लेटफॉर्म की छत की शरण में आ टिका—भय से, आशंका से इधर-उधर झाँकता हुआ कि कहीं बूट-पट्टी वाला डंडा उठाए फिर न आ धमके !

"ये डोटियाल दाइ···ऽ !" सैनिक ने न जाने क्या सोचकर उसे आवाज दी।

अँगुली का इशारा देखते ही वह सहमा-सा, सिमटा-सा पास आ गया। अरे, इसके भी वैसी ही बूट-पट्टी !

"बैठ जा··· ।"

काँछा सीमेंट के ठंडे फर्श पर वैसा ही सकुचाया-सा बैठने लगा तो, "नहीं, नहीं, ऊपर बैठ," कहते हुए सैनिक ने बेंच पर ही बैठने का इंगित किया।

वह और भी सकुचाया और लोहे की बेंच के दूसरे सिरे पर थोड़ी-सी जगह में समाकर बैठ गया।

"कहाँ का रहने वाला है ?"

काँछा की समझ में न आया।

"मैं पूछता हूँ, घर कहाँ है तेरा ?" सैनिक ने कुछ ऊँचे स्वर में पूछा।

"डोटि—नइपाल।"

"कहाँ—?"

"डडेलीधूरा के पास···गहरडोटि से आगे··· ।"

"यहाँ कैसे आया ?"

"नउकरी-चाकरी···कुल्लि-मजदुरी···!"

"कहाँ करता है नौकरी ?"

वह मौन देखता रहा।

"अरे, मैं पूछता हूँ, नौकरी किसकी दुकान में करता है ?"

"लाल्ला की··· ।"

"क्यों निकाल दिया ?"

"···"

"नौकरी करेगा ?"

उसने स्वीकृति में सिर हिला दिया।

"पहाड़ चलेगा, हमारे साथ—?"

उसने उसी तरह फिर सिर हिलाया—"हाँ।"

"कितना रुपया लेगा महीना का, बोल ?"

कोई उत्तर न दे पाया वह।

तनिक सोचते हुए सैनिक ने कहा, "हमारे साथ गाँव चल। वहीं रहेगा। खाना-पीना, कपड़ा-लत्ता, बीड़ी-तमाखू सब मिलेगा। तनख्वाह ऊपर से।"

अभी तक उसी अबोध मुद्रा में बैठा वह देखता रहा।

"रोटी खाई–?"

उसने मात्र सिर हिला दिया, "नहीं।"

"खाएगा ?"

"हाँऽ।"

सामने खड़ी रेहड़ी से कुछ पूरियाँ और सब्जी ला, पत्तल उसके सामने रख दी।

आलू की सब्जी और गरम-गरम पूरियाँ देखकर उसकी भूख और बढ़ गई। अपने दोनों हाथों से बड़े-बड़े ग्रास तोड़ता हुआ वह खपाखप खाने लगा। जैसे महीनों से अन्न का दाना देखा ही न हो।

खाना खा चुकने के बाद वह मालू की फटी पत्तल पर लगी सब्जी चाटने लगा–चट्-चट् लंबी जीभ निकालकर।

"और लेगा क्या ?"

"न्नाँ···।"

"तो जा, सीमेंट के चबूतरे के भीतर वह नलका लगा है, पानी पी आ···।"

लौटा तो उसके मुरझाए मुखड़े पर संतोष का अपरिमित भाव था।

"बीड़ी खाएगा···?" सैनिक ने एक बीड़ी उसकी ओर फेंकी।

जैसे अपने गाँव वह फिर पहुँच गया हो। यहाँ आकर उसे वैसा ही लगा। वैसे ही ऊँचे-ऊँचे पहाड़–बर्फ से ढके। वैसे ही पत्थर, वैसे ही देवदार, चीड़-बाँज, बुरौंज, खरसू के पेड़, फँइयाँ की पूरी डाल पर बिछी फूलों की चादर। रामबाँस, कुइयाँ, घिंगारू, किनमोड़े, दाड़िम, अखोड़–सब कुछ वैसा ही।

मैदान की अपेक्षा एकदम सर्दी। फर्-फर् ठंडी हवा चल रही थी। धीरे-धीरे कँपकँपी-सी लगने लगी उसे। ठंड से शरीर पर काँटे-से उभर आए थे। जब-जब ऐसा होता है, उसे सहसा माँ की याद आती है। उसके ठिठुरते हुए, काँपते हाथों को, अपनी खुरदरी, रक्तहीन हथेलियों से सहलाती हुई चिंतित स्वर में अकसर कहती थी, "काँछु, तू इतना दुबला-पतला है, कमजोर···इस निठोर दुनिया में तू कैसे जिएगा रे···?" माँ का आर्द्र स्वर कँपकँपाने लगता।···उसकी काली-काली निरीह आँखों के आगे धुआँ-सा छाने लगा। एक क्षण कुछ सोचता हुआ वह मुड़ा और झटके से सिर हिलाता हुआ आँगन में आ गया।

अब तक पाँव सही ढंग से जमीन पर नहीं पड़ रहे थे। सिर चकरा रहा था,

रिंगाई-जैसी आ रही थी। लोहे के बड़े-बड़े कमरे-जैसे डिब्बे—एक-दूसरे से जुड़े-खड़खड़ाते हुए आगे सरकते, वैसा ही अजूबा मोटरगाड़ी सड़क से धूल उड़ाती हुई···खटीमा आकर उसने इन्हें दूर से ही देखा था बहुत बार···डरते-डरते छुआ भी था एक बार, पर बैठने की हिम्मत नहीं हुई थी···इस बार जब बैठा तो धरती से लगे-लगे, उड़ने का जैसा अहसास हुआ था···

घुमावदार ऊबड़-खाबड़ मोड़ों पर गाड़ी मुड़ती तो वह झप्पू-से आँखें मूँद लेता। कहीं गाड़ी नीचे खड्ड में गिर पड़ी तो ? उसका रोम-रोम काँप उठता।

देवदार के पेड़ों के पास एक समतल-सी जगह पर गाड़ी रुकी। कुछ लोग उतरे तो उनके साथ-साथ वे दोनों भी नीचे उतर पड़े थे।

धूल से अँटे किसी आदमी ने गाड़ी के पीछे लगी लोहे की छोटी-छोटी सीढ़ियाँ चढ़कर सामान नीचे उतार दिया था।

गाड़ी धूल उड़ाती हुई फिर आगे चल पड़ी तो वहाँ पर वे ही दो लोग रह गए थे।

उसके सिर पर छोटी-सी टिन की बक्सी और अपने कंधे पर खाकी किरमिच के गोल, लंबे थैले को रखकर वह मिलिट्री के बूटों से बजरी रगड़ता हुआ आगे बढ़ने लगा था।

"कब आए भौंना ?" किसी बुजुर्ग ने कहा तो 'पैलाँग' कहते हुए उसने गरदन किंचित् नीचे झुकाई थी।

"मल्ले घर का भवानसिंह सिपाही घर आया है।" चारों ओर यही चर्चा शुरू हो गई थी। अपने घरों के आँगन की तीर पर खड़े लोग जिज्ञासा से, किस तरह से, देखने लगे थे—उसे आता हुआ !

"ले, तेरे लिए इस बार एक नन्हा-सा नौकर ले आया हूँ—हाथ बँटाने के लिए !" कंधे का सामान नीचे उतारते हुए भवानसिंह ने कहा था।

सामने खड़ी औरत हँस पड़ी थी, "नौकर कहाँ, यह तो नौकर की पोथि है—छोटा-सा छौंना। किस घोंसले से उठा लाए···?"

"अरे, जैसा भी है, है तो आदमी का ही बच्चा ! कुछ तो हाथ बँटाएगा। घर में तू अकेली रहती है ! अब यह साथ हो गया··· ।"

औरत और जोर से हँस पड़ी थी, "इस बच्चे का साथ ? हाँ, उठा कहाँ से लाए ?"

"खटीमा टेसन पर भूखा पड़ा था, उठा लाया।"

यह सब सुनकर वह संकोच में और सिकुड़ आया था।

"अरे, खड़ा क्यों है ? बैठ ! बैठ !" महिला ने तनिक सहानुभूति से कहा था।

वह वैसा ही, वहीं पर चुपचाप बैठ गया था।

"क्या नाम है तेरा ?"

"काँछा।"

"कानछा ?" वह हँस पड़ी थी।

"···"

"ले, ये चा का गिलास धो ला···।" कुछ रुककर उसने कहा था, "फिर तू भी कटकी लगा लेना ! ठंड लग रही होगी···कोई बनीन-सनीन नहीं, पहनने के लिए ? ऐसे तो तू मर जाएगा···।"

कुछ ही पल बाद, इस अपरिचित घर में उसका एक अनाम-सा रिश्ता जुड़ गया था—काका, काकी का !

काकी और उसकी दिवंगता माँ की आकृति में कितना साम्य था ! वैसे ही चलती, बोलती भी ठीक वैसे ही थी।

दो महीने की छुट्टी बिताकर भवानसिंह जब पलटन में लौट गया तो पूरे घर में वे ही दो प्राणी रह गए थे। ऊपर की मंजिल में वे रहते और नीचे गोठ में गाय-बछिया···

काकी अपने बच्चे की तरह ही उसे सुलाती, खिलाती-पिलाती उसका ध्यान रखती थी। उसके लिए लोघाट के बाजार से वहीं के मोछियों का बनाया, सिपलट का एक छोटा-सा जूता उसने मँगा दिया था। मोटे भोटिया ऊन की एक बनीन भी स्वयं बुन दी थी—हल्दी रंग की, जिसे पहने वह हवा में उड़ता रहता था।

इतनी उम्र होने के बावजूद काकी के कोई बच्चा नहीं था, शायद इसीलिए बच्चों के प्रति इतनी ममता थी !

दस्सें के मेले में गाँव के प्रायः सभी कौतिकिया लोग गए तो काकी के साथ जिद करके वह भी चला गया था—रंगीन बनीन और गबरून का पैजामा झपकाए।

भैयादूज के मौके पर काकी मैके जाने की तैयारी करने लगी तो चुपके से उसने भी अपने बालों में तेल चुपड़ लिया, "···मैं भी चलूँगा काकी !"

"गाय-बछिया को पानी कौन पिलाएगा ? घास कौन डालेगा ?"

"तल्ले घर वाली कानि आमा डाल देगी। जब वह अपनी बेटी के घर गई थी

गहतोड़ा, तब हमने ही उसके ढोर-डंगरों की कित्ती देखभाल की थी···!" काकी के चेहरे पर उभरते भावों को वह अपनी ऊपर उठी निरीह आँखों से परखने लगा। दाएँ हाथ की अँगुलियों को पकड़कर झूलता हुआ बोला, "यहाँ अकेले मुझे डर नहीं लगेगा···?"

काकी मना न कर सकी अब।

टाट के झोले में काकी ने अपने दो-तीन कपड़े डाले तो उसने झोला कंधे पर उठा लिया, "नहिं, मैं पकड़ूँगा !"

"तो मैं हाथ में क्या ले जाऊँ···?"

"खाली चलो—मेरे साथ। बड़े लोग सामान थोड़े ही उठाते हैं···!"

उसकी अबोध आकृति की ओर ताकती हुई काकी हँस पड़ी, "बहुत सयाना हो गया है, जल्दी···! कहीं लकड़ी के ठेकेदारों के साथ टनकपुर मंडी की तरफ न भाग जाना···!"

"तुझे छोड़कर कहीं नहीं जाऊँगा काकी !" अपने दोनों नन्हे हाथों से उसने काकी के पाँवों को जोर से जकड़ लिया था।

यहाँ आकर काँछा सबके लिए विशेष आकर्षण का केंद्र बन गया। बड़ा हँसमुख ! बड़ा चटपट ! नेपाली-डोटियाली के साथ-साथ जल्दी ही उसने पहाड़ी बोली भी सीख ली थी।

सबसे जल्दी ही घुल-मिल गया था वह। काका-काकी, मामा-मामी के रिश्ते यहाँ भी जोड़ लिए थे उसने ।

यहाँ गाय-भैंसों से भरा गोठ देखकर बहुत प्रसन्न हो उठा था वह। एक कोने पर मिमियाती बकरियाँ थीं—छेलि, हेल्वान, पाठियाँ ! हेल्वानों से ठेप देता हुआ वह, माथा भिड़ाकर सींग लड़ाता। 'ले-लेऽ' कहता हुआ कभी उनके माथे पर अपने खुले पंजे से प्रहार करता—अपने दोनों पाँव दीवार से जमाकर।···बकरी की एक छोटी-सी पाठी, चीतल के जैसे रंगवाली, को वह गोदी में उठा लेता। जब तक कि मिमियाती हुई, वह उछलकर नीचे कूद न जाती, छोड़ता न था···।

झुंड का झुंड हाँकता हुआ जंगल ले जाता और साँझ गए से पहले लौटता न था घर।

कुछ दिन वहाँ रहकर जब वे लौटने लगे तो हिचकते-हिचकते काकी से बोला, "इस पाठी को हम अपने साथ घर ले जाएँ काकी ? वहाँ पानी के नौले के पास

खूब हरी-भरी घास होती है। वहीं चराएँगे···।"

काकी के वृद्ध पिता नारियल की काली चिलम की मूठ दोनों हाथों में पकड़े, दरवाजे के पास बैठे, खाँसते हुए धुआँ उगल रहे थे। बोले, "अरे ले जा रे भव्वा ···ले जा···हाँ, ध्यान रखना, कहीं लोमड़ी-सियार न उठाकर ले जाएँ···!"

"नाँ-नाँ," कहती हुई भी अंत में काकी उसे उठा ही लाई, "काँछा दिन-भर खाली रहता है। इसे ही चराएगा···।"

साल-भर से अधिक अरसा बीत गया था, परंतु भवानसिंह इस बार पलटन से सालाना छुट्टियों में गाँव न आ पाया था। पहले उसकी चिट्ठी आई थी। लिखा था—चैत में आएगा। फिर जेठ में आने को लिखा और अब सावन बीत रहा था···

एक दिन शाम को खीमानंद के आँगन में, तल्ले घर, मल्ले घर के तमाम लोग बैठे तमाखू पी रहे थे। करमसिंह मारा के बेटे हयातसिंह की पलटन से चिट्ठी आई थी। लिखा था—हमारे भवान'दा का अपने किसी साथी सिपाही से झगड़ा हो गया था। रात को उसे न जाने क्या सूझा ! अपने सोए हुए उसी साथी को उसने गोली से उड़ा दिया। अब पलटन की हौलात में है। कहते हैं, उसे फाँसी होगी या उमर कैद।

हयातसिंह भवानसिंह की ही बटालियन में था।

लोगों का कहना था—शायद सिर फिर गया हो बेचारे का ! कुछों का सोचना था कि विधवा भाभी ने जो घात डाली थी, संभवतः उसी का प्रभाव हो ! झक्की तो वह बचपन से ही था, पर ऐसा गैरजिम्मेदाराना काम भी करेगा—कोई सोच नहीं सकता था। पिछली लड़ाई में उसे सरकार की ओर से इनाम भी मिला था···।

काकी ने सुना तो उसकी आँखें खुली की खुली रह गईं। अब क्या होगा ? कैसे ? समझ में न आ पा रहा था।

मैके जाकर उसने चिट्ठी लिखवाई, पर उसका कोई भी उत्तर मिल न पाया था···!

फौज से पैसे आने भी अब बंद हो गए थे, जिससे गुजारा चलाना और भी कठिन हो चला था। वक्त-बेवक्त माँ कुछ भेजती रहती थी, अन्यथा चूल्हा जलाना भी कठिन हो जाता···

काकी का बुझा-बुझा चेहरा अब उसे वैसा ही लगता, जैसा उसके पिता के घर न लौटने पर माँ का लगा था। दिन-रात आँखें झरती रहतीं···।

जाड़ों के बाद फिर जाड़ों का मौसम शुरू हो रहा था। काकी की ग्याँलि गय्या बिक गई थी। एक दिन कोई बछिया भी हाँककर ले गया था। नाममात्र के गहने-पत्ते पहले ही गिरवी रखे जा चुके थे। काकी की सूनी कलाइयों में पीतल की दो चूड़ियों के अलावा अब कुछ भी शेष न था। मैके से भाई आया था—बुलाने के लिए—जाड़ों के कुछ दिन वहीं कट जाएँगे, पर उसने मना कर दिया था।

आसपास के अधिकांश लोग तराई की तरफ कब से निकल चुके थे—कुछ महीने के लिए मेहनत-मजूरी की तलाश में।

सारी बस्ती उजाड़-उजाड़-सी लगती—इक्के-दुक्के लोग ही कहीं-कहीं दिखलाई देते थे…।

एक दिन शाम को वह अँगेठी में आग सुलगा रहा था। आग में जंगल से बटोरी चीड़ की बकरियाँ भरक रही थीं। तभी उसने मुड़कर देखा—कोई पीछे खड़ा है। लंबा-चौड़ा। पलटनियाँ-जैसा। तीखी, तिरछी, लंबी मूँछें—भेड़िया-जैसा !

काँछा को झटका-सा लगा।

काकी ने संकोच से पिछौड़ी का चाल लंबा खींचते हुए, उसके बैठने के लिए दरी बिछा दी थी।

"यह कौन है काकी ?" उसने चुपके से पूछा तो पहले काकी चुप रही, फिर कुछ सोचती हुई बोली, "पाहुना है—दूर का रिश्तेदार। तेरे काका का भाई…!"

उस रात वह वहीं रुका था।

कुछ सप्ताह बाद वह फिर आया था। दो दिन तक रुका रहा था…। रात के अँधियारे में, सबके सो जाने के बाद, भीतर वाले कमरे से काकी के रोने और उसके मनाने का स्वर देर तक गूँजता रहा था…

महीना भी अभी बीता नहीं था कि वह घर के आँगन में फिर खड़ा दिखलाई दिया था। उसके साथ सामान की एक बड़ी पोटली भी थी इस बार।

उसकी मिची-मिची काँइयाँ आँखें, भौंह पर ढेर सारे बाल, छोटे-छोटे कान ! काँछा को यह व्यक्ति कतई अच्छा नहीं लगा था। न इसका आना ही। जब भी वह इसे देखता, एक तरह की दहशत-सी होती मन में।

काकी इस बार इतनी उदास नहीं लग रही थी।

एक दिन काँछा बाहर से लौटा था। उसने देखा था—दोनों आग के पास बैठे बतिया रहे हैं। काकी को वह अपने साथ, अपने गाँव ले चलने के लिए मना रहा है। सामने पोटली खुली है। काकी के लिए वह नए कपड़े लाया है। चूड़ियाँ लाया है। फुंदे-झुमके लाया है…

पर काकी चुप है। असमंजस में डूबी आसमान की ओर देखती हुई…

शाम को आँगन में बैठा काँछा अपनी बकरी को घास खिला रहा था तो उसने कहते सुना, "क्यों रे काँछा, तेरी बकरी तो अब खाने लायक हो गई है… क्यों ?" व्यंग्य से देखता हुआ वह 'हो-हो' हँस पड़ा था।

यह हँसी कितनी कष्टकर और भयावह लगी थी उसे ! सहसा मन में नया संदेह भी उपजा था—कहीं वह पहले की तरह पानी लाने नौला गया, तो पहले की ही तरह लौटने पर आँगन में जलती आग न दीखे ! उसकी नन्ही-सी बकरी की गरदन एक ओर कटी और यह भेड़िया उसे आग में भूनता हुआ…

उसका गला सूख गया था।

बकरी से वह क्षण-भर के लिए भी अलग न हो पाया था। काकी ने एक-दो बार किसी जरूरी काम से बाहर जाने के लिए कहा, पर वह जान-बूझकर टाल गया था।

उसके सीने में रह-रह के भूचाल धरक रहा था। रात उससे खाना भी निगला न गया था। वैसा ही उसने परे रख दिया था। इतनी सर्दी के बावजूद उसे ढंग से कपड़े लपेटने का होश न था। उसके मन में बार-बार एक ही शंका उठती रही—कहीं फिर सब वैसा ही, वैसा ही, वैसा ही तो नहीं हो रहा…!

उसकी पुतलियाँ खुली की खुली थीं। सारा शरीर ठंडे पसीने से नहा आया था।

यह छोटी आँखों वाला खूँखार भेड़िया कल नहीं तो परसों, परसों नहीं तो निरसों फिर बकरी को मारकर खा जाएगा…फिर एक दिन, पहले की तरह काकी के साथ-साथ उसे भी हाँककर अपने घर ले जाएगा…वहाँ इसकी चिड़चिड़ी, बुढ़िया-सी पत्नी होगी। ढेर सारे बच्चे। वे बच्चे उसके साथ वैसा ही दुर्व्यवहार करेंगे। यह आदमी नहीं, नहीं-नहीं, भेड़िया उसे उसी तरह पीटेगा—बिना बात। काकी गूँगे पशु की तरह सब सहती देखती रहेगी…और फिर एक दिन वह ढोर-डंगरों के लिए घास लाने जंगल जाएगी…और वहीं किसी छिछली चट्टान से…माँ का रक्त से सना क्षत-विक्षत शरीर…धू-धू कर आग की लपटों में जलता शव… उसे कहीं साफ दिखलाई दे रहा था।

सहसा वह जोर से चीख पड़ा।

"नहीं…नहीं…" कंबल को परे पटककर, बदहवास-सा वह उठ बैठा, "नहीं, ऐसा नहीं…नहीं, नहीं…!" मुट्ठी भींचकर, दाँत पीसकर अँधियारे में छटपटाने-सा लगा।

बाहर हलकी-सी आहट हुई।

उसने देखा—

सुबह होने को है। बाहर सारी धरती बर्फ से ढकी है। जहाँ तक दृष्टि जाती है—सफेदी ही सफेदी। साँकल खोलकर काकी शायद पानी के पास गई है। ताजी बर्फ पर पाँवों के धँसने के गहरे निशान हैं···

दबे पाँव वह भीतर की ओर मुड़ा—किवाड़ धीरे से उढ़काकर। तेज हवा बह रही थी।

भीतर का दरवाजा यों ही बंद था।

थोड़ा-सा खोलकर दरार से उसने झाँका—

भेड़िया मुर्दे की तरह लंबा लेटा खर्राटे भर रहा है···

उसकी टटोलती निगाहें इधर-उधर मुड़ीं। दाईं ओर दीवार के सहारे मोटे पत्थर की भारी, चपटी सिल खड़ी करके रखी थी···

काँछा को न जाने क्या सूझा !

कहाँ से उसमें इतनी शक्ति आई !

उसने अपने दोनों हाथों से भारी-भरकम सिल ऊपर तक उठाई और सोए हुए भेड़िए के सिर पर धम्म से दे मारी···

जल्दी से, हाँफता हुआ फिर वह बाहर की ओर दौड़ा। अपनी बकरी की रस्सी खोली और उसे गोदी में उठाए, रास्ते में बिछी बर्फ को रौंदता हुआ, पहाड़ी के दूसरे ढलान की ओर निकल भागा—जहाँ लंबी-चौड़ी सड़क थी, और भी कई रास्ते, जो उसे कहीं भी ले जा सकते थे।

अक्षांश

और पता नहीं क्यों मुझे लगता है, किसी दिन कोई एक पत्र आएगा और एक ही क्षण में मेरा भाग्य बदल जाएगा। मेरी अंतहीन यातनाएँ, जिन्हें मैं सदियों से निरंतर सह रहा हूँ, समाप्त हो जाएँगी।

सच, उस पत्र के बारे में जब-जब सोचता हूँ, मुझे अजीब-सा लगता है। एक विचित्र-सी अनुभूति होती है। ऑफिस से घर आते समय मैं प्रायः रोज सोचा करता हूँ, आज तो वह निश्चित ही आया होगा। किंतु न आने पर मैं निराश नहीं होता, क्योंकि जानता हूँ, यदि आज न भी आया तो न सही, कल या उससे आने वाले कल, या उससे और आगे आने वाले किसी एक 'कल' उसे अवश्य ही आना है।

कुछ विचित्र-सी घटनाएँ घटित होती हैं मेरे साथ—हाँ, कल भी कोई ऐसा ही भाव मेरे मन में था। मैं लॉन पर, बेंत की आरामकुर्सी पर टिका, गरदन लटकाए, दोनों पाँव दूर तक फैलाए कोई अखबार पढ़ रहा था कि सहसा मेरी दृष्टि पार्क वाले चौराहे पर पड़ी।

एक के बाद एक मछली की तरह फिसलती, चमकती रंगीन कारें पत्थर की काली ठोस नहर पर अबाध गति से नावों की तरह बह रही हैं। तभी एक अनहोना-सा विचार कौंधता है। मैं देखता हूँ, रिंकी पुस्तकों का बड़ा-सा बस्ता थामे चहकती-हँसती उस मोड़ पर से दौड़ती हुई आ रही है। उसने कैनवेस के सफेद जूते, सफेद मोजे और दूध के झाग-सा सफेद स्कर्ट पहना है। सुनहरे बालों पर गहरे लाल रंग का रिबन, हवा में हिलता हुआ, बुरुँश के फूल का-सा गुच्छा लग रहा है।

मेरी सबसे छोटी बहन का नाम है रिंकी। अब से लगभग तीन साल पहले, इसी मोड़ पर, इसी समय, स्कूल से लौटते हुए, एक ट्रक से कुचलकर उसकी मृत्यु हुई थी।

उसकी मृत्यु के दिन मेरा रंगीन चित्र बनकर तैयार हुआ था—किसी दुर्घटनाग्रस्त बालिका का—रक्त की रेखाओं से सना। बाद में उस चित्र के नीचे मैंने 'रिंकी' लिख दिया था।

और आज मैं सुबह-सुबह बैठा कुछ लिख रहा था। लिखने के लिए कलम

आगे न बढ़ी तो शायद कुछ सोचने-सा लगा—शायद उन दिनों के बारे में जब मैं यहाँ नहीं आया था··· किसी पार्क के किसी अकेले कोने पर बैठी, अकेली दीप, दूब के टूटे तिनके कुट्-कुट् दाँत से काट रही है। उसके निर्विकार मासूम मुखड़े पर असमंजस का मौन-भाव कितना अच्छा लगता है !

तभी देखता हूँ, पीछे से किसी ने मेरे झुके हुए कंधों पर कुछ रख दिया है। मैं अचकचाकर, मुड़कर देखूँ, इसके पहले किसी नारी-कंठ के जोर से खिलखिलाने का स्वर फूट पड़ता है—'यह हँसी ठीक दीप की जैसी है !'

मैं झटके से मुड़ता हूँ—

'दीप ! हाँ-हाँ, दीप··· सचमुच खड़ी हँस रही है !'

अपने पर मुझे विश्वास नहीं होता। कहीं दिवास्वप्न तो नहीं ! शायद मैं अभी-अभी बैठा दीप के बारे में सोच रहा था, उसी का भ्रम हो।

"तुमने पहचाना नहीं !" वह तनिक विस्मय से कहती है, "अरे, हद हो गई! मैं दीप हूँ, दीप। मुझे पहचानते नहीं ?"

उसके उजले माथे पर उभरी पसीने की बूँदें साफ झलक रही हैं। उसके दाहिने हाथ में चीतल की खाल से मढ़ी भूरी-भूरी मटमैली अटैची है। कपड़े अस्त-व्यस्त। बाल कुछ-कुछ रूखे, बिखरे हुए। लगता है, वह अभी-अभी रेल की-सी किसी लंबी यात्रा से आ रही है।

मैं उझकता हूँ। मेरे माथे पर किंचित् बल पड़ता है।

"लोग··· तो··· कहते··· थे···"

"क्या ? क्या ?" मेरा वाक्य पूरा होने के पूर्व वह चहक उठती है।

"कि तुम मर गई हो··· !" बड़ी मुश्किल से कह पाता हूँ।

वह ताली पीटती हुई ठहाका लगाती है—"गज्जबऽ हो गया ! मैं मर गई थी और मरने के बाद यहाँ आई हूँ ! तुम यही तो कहना चाहते हो न ? मुझे लगता है कि तुम्हारी बुद्धि पलट गई है। हो-हो-हो !" वह जोर-जोर से हँसने लगती है।

"तुम्हें क्या हो गया ? आज तुम यह कैसी बहकी-बहकी बातें कर रहे हो ?" वह मेरे पास, और पास आकर कुछ सहानुभूति से कहती है।

मैं क्षण-भर चुप रहता हूँ। मुझे सूझता नहीं कि अब आगे क्या कहूँ।

"आरती ने बतलाया था कि तुम अब···" सन्नाटा तोड़ता हुआ उसकी ओर देखता हूँ।

वह सोचती हुई एकाएक चहक उठती है—"आरती ने यही तो बतलाया था न कि दीप ने जहर खा लिया है··· दीप की पति से अनबन रहती थी··· दीप···"

"हाँ, हाँ !"

वह हँस पड़ती है, "उसने सब सच कहा था। अरे, वह मैं नहीं, मेरी मौसी की लड़की थी दीप। मेरी ही क्लास में पढ़ती थी। हसबैंड से झगड़ा होने के कारण पॉयजन खा लिया था। उसकी डेथ हमारे ही पड़ोस के मकान में हुई थी—मेरे ही सामने···"

बगल की रीती तिपाई पर दीप स्वयं बैठ जाती है।

कन्नो'दी अब कहाँ है···रानी अमेरिका कब गई थी···उसका छोटा भाई वसंत कलकत्ता जाते समय रास्ते में मिला था···कहता था कि रानी ने किसी स्विस डॉक्टर से शादी कर ली है···आरती बी०डी०ओ० के सेलेक्शन में आ गई है··· आजकल बहराइच है···बड़े पापा को रिटायर हुए अब साढ़े तीन साल हो गए हैं—लखनऊ की कितनी ही बातें हम दुहराते रहे। मुझे लगा, घड़ी की सुई आज अनायास ही पीछे लौट गई है और हम बहुत वर्ष पुरानी जिंदगी आज फिर जी रहे हैं···

एक रात रुककर दीप दूसरे दिन शाम की ट्रेन से जयपुर चली जाती है और पूरा आश्वासन देती है कि लौटते समय कम से कम दो-एक दिन अवश्य रुकेगी···

दीप के जाने के दूसरे ही दिन मैं कुछ पुराने कागजों को टटोल रहा था कि देखता हूँ, पीले बीमार कागजों में एक चित्र पड़ा है। यह चित्र 'दीप की मृत्यु के बाद' खींचा गया था (आरती के शब्दों में)। दीप से मिलता, इतना मिलता-जुलता है कि दीप का-सा ही लगता है। आरती ने ही इसे भेजा था और लिखा था कि ताई—दीप की माँ—रो-रोकर अंधी हो गई हैं। पापा बीमार रहते हैं—विवाह के लिए जोर उन्होंने ही दिया था। बेचारी दीप तो मना करती ही थी। अरथी उठते समय ताई बेहोश होकर गिर पड़ी थीं···

फिर मरी हुई उसी दीप का आना कोई सपना तो न था ! जिस दिन दीप को छोड़ने स्टेशन तक गया था, उस दिन का प्लेटफॉर्म टिकट, जिसे टिकट-कलेक्टर वापस लेना भूल गया था, अब तक मेरी जेब में पड़ा है···

जाते समय वह कुछ पुस्तकें छोड़ गई थी जो मेरी मेज पर अब तक बिखरी पड़ी हैं···

न जाने कितने वर्षों से मैं एक-सा ही, यानी एक ही सपना देख रहा हूँ—बर्फ से ढकी किसी छिछली चट्टान पर मैं उतर रहा हूँ—बित्ते-भर के सँकरे रास्ते पर, कभी किसी भी क्षण पाँव फिसल पड़ने की आशंका है···नीचे पाताल की-सी दूरी है, जहाँ

एक स्याह नदी, साँप की तरह मोड़ खाती, किसी अँधेरी खोह की ओर सरक रही है...बर्फीली ठंडी हवा...रात का अँधेरा...और मैं अकेला, पसीने से नहाया हुआ, एक-एक डग सँभल-सँभलकर, डर-डरकर रख रहा हूँ कि कहीं फिसल न पड़ूँ ! शायद मैं मरना—यों मरना नहीं चाहता।

यह सपना जब भी यदा-कदा दीख जाता है तो नींद टूटने के बाद फिर उस सारी रात मैं सो नहीं पाता। एक अजीब-सी घुटन धुएँ की तरह लिपटी रहती है...

पर आज मेरी पलकें खुली की खुली रह जाती हैं, जब मैं किसी विदेशी लेखक की तिब्बत पर लिखी नई पुस्तक उठाता हूँ। सन् 1967 का नया संस्करण है—न्यूयॉर्क में छपा। उसके पहले ही पृष्ठ पर जो रंगीन फोटो छपा है, वह ठीक उसी चिर-परिचित चट्टान का है, जिसे मैंने इससे पहले कभी नहीं देखा था और जिस पर से मुझे प्रायः हर रात उतरना पड़ता है...

वही धुँधला-सा रास्ता, वे ही घुमावदार मोड़, अंतिम रोड के पीछे बर्च का झुका हुआ वृक्ष, नीचे लकीर-सा काला जल और सामने ऊँट की नंगी पीठ-सा छिछला पहाड़, जिस पर मुझे चढ़ना ही नहीं, उतरना भी होता है...

पुस्तक खरीदकर लाता हूँ। जिससे भी कहता हूँ, कोई सच नहीं मानता।

पुस्तक का पहला ही पृष्ठ मैंने खोलकर पढ़ा कि मुझे लगा कि यह किसी संन्यासी की 'आत्मकथा' है। इसके नायक का जन्म ठीक उसी दिन हुआ था जिस दिन मैं पैदा हुआ था। मेरे पिता की तरह उसके पिता भी किसान थे। मेरी माँ तीन मई को गुजरी थी, जब मैं सात साल का था। तीसरी मई को इसकी माँ भी गुजरी थी—इसकी उम्र भी तब लगभग सात साल की थी...

दूसरे अध्याय की घटनाएँ तो और भी अधिक नाटकीय ढंग से परस्पर मिलती हैं। दो भिन्न-भिन्न देशों में रहने वाले, अलग-अलग ढंग के जीवन जीने वाले विभिन्न व्यक्तियों के जीवन में इतना साम्य हो सकता है, सहज यह सोचा नहीं जा सकता।

छह अध्याय के पश्चात् मैं पुस्तक बंद कर देता हूँ। शायद अपने भविष्य के विषय में मैं चाहकर भी अधिक नहीं जानना चाहता; क्योंकि मुझे लगता है, मुझसे कभी कहीं, किसी व्यक्ति की, जाने या अनजाने, चाहे या अनचाहे हत्या होने वाली है। यह भ्रम नहीं, लगभग निश्चित है। अतः इसके जो भी भयंकर परिणाम होंगे, उनकी कल्पना मात्र से सिहर उठता हूँ...

इधर काफी दिनों से मैं इस कोशिश में लगा हूँ कि किसी भी बात पर, भले ही वह कितनी ही नाजुक क्यों न हो, मुझे गुस्सा न आए। यदि इस 'क्षणिक' आवेग पर मैंने अधिकार पा लिया तो शायद उत्तेजना की किसी भी स्थिति में मुझसे कोई अपराध होने से रह जाए और किसी होने वाले संभावित महापाप से मुक्त हो जाऊँ।

मैं डायरी लिखने का काम अधूरा छोड़कर आज की डाक से आए पत्र पढ़ने लगता हूँ...

सबसे पहले मोटा लिफाफा उठाता हूँ। बाहर की लिखावट से ही स्पष्ट पता चल जाता है कि यह पत्र उपल'दा का है। नैनीताल से आया है। टिकट के ऊपर नैनीताल की मुहर साफ झलक रही है। आजकल मुहर में स्थान का नाम अंग्रेजी के साथ-साथ हिंदी में भी लिखा रहता है। हिंदी में लिखे नाम को देखकर, पता नहीं क्यों, मुझे बहुत अच्छा लगता है, जापानीभाषी हिरोसी सॉन जापान से जो पत्र भेजते हैं, उसमें इंडिया के बदले भारत लिखा करते हैं...

हाँ, मैं लिफाफा खोलता नहीं, जल्दी-जल्दी सुभीते से, अकलात्मक ढंग से फाड़ लेता हूँ।

उपल'दा का इतना लंबा-चौड़ा पत्र इससे पहले कभी भी नहीं आया था। लगता है, वर्ष-भर की कसर एक ही पत्र में निकाल दी है—

'तुम नैनीताल आए और हमसे मिले बिना चले गए !' उपल'दा लिखते हैं, 'यदि एक बार घर तक ही आ जाने का कष्ट कर देते तो छोटे नहीं हो जाते ! अरे, तुम बड़े आदमी हो गए हो तो औरों के लिए। हमारे लिए तो वही हो जो अब से दस साल पहले थे। अम्मा तुम्हारे बारे में अकसर पूछती रहती हैं। जब भी हम चार दोस्त बैठते हैं, तुम्हारा जिक्र अवश्य आता है। 'मुफ्ती' कहता था, तुम 'अलका' में ठहरे थे। हाँ, अलका से हमारा घर बहुत अधिक दूर नहीं। केवल कुछ ही सौ गजों की दूरी तय करने में कष्ट होता तो तुम हमें सूचित कर देते, तुम्हारे 'दर्शनों' के लिए हम स्वयं चले आते। तुमसे ऐसे व्यवहार की आशा न थी। विम्मी कहती थी, 'मैंने लोकेश भैया को लेक-ब्रिज पर देखा। दो-तीन बार आवाजें लगाईं, परंतु उन्होंने देखकर अनदेखा कर दिया।' पाइंस में टोनी तुम्हें मिला था और तुमने उसे पहचानने से भी इनकार कर दिया...

'भला यह भी कोई बात है ! वह तुम पर बहुत नाराज है। कहता है, 'वह मेरी इस तरह से इंसल्ट करेगा, यह जानता तो मैं बात तक न करता !' तुमने इतने आदमियों के सामने उसे अपमानित किया ! आखिर किसलिए ? यही जताने के लिए न कि...

'खैर, छोड़ो भी। सुना था, बस-एक्सीडेंट में तुम्हारे चोट लगी है। नर्मदा दिल्ली से कल ही लौटा है। कहता है, वह सफदरजंग अस्पताल में तुम्हें देख आया है, हालत अधिक सीरियस नहीं है। फिर भी लिखना कि अब कंडीशन कैसी है। यों शायद तुम्हें पत्र न लिखता, किंतु···।'

मेरा सिर घूमने लगता है। इन सब लोगों को क्या हो गया है ? पिछले तीन महीनों से मैंने दिल्ली से बाहर पाँव तक नहीं रखा है। नैनीताल गए मुझे अब छठा साल लग रहा है। सफदरजंग अस्पताल मैंने केवल एक बार गुजरती बस से देखा था। मैं बिलकुल तरोताजा हूँ। कहीं एक खरोंच तक नहीं। फिर मेरी समझ में नहीं आता, यह सब है क्या !

मैं जानता हूँ, प्रत्युत्तर में जो कुछ भी लिखूँगा, उसे लोग सच नहीं मानेंगे। अतः कोई भी उत्तर न देकर चुप हो जाता हूँ और अपने दैनिक कार्यों में लग जाता हूँ···

पर इधर मैं अधिक काम नहीं कर पाता। जब से इंदौर से लौटा हूँ, परेशान हूँ। मेरी उम्र-भर की कमाई कोई निष्ठुर मेरी अनुपस्थिति में समेटकर, झाड़-पोंछकर ले गया है। पुलिस में रिपोर्ट दर्ज कराने के बाद भी कोई विशेष उम्मीद बँधती नहीं। लोग कहते हैं, फसल और घेर-बाड़ का संबंध, रक्त और रक्त का संबंध है। एक-दूसरे का महत्त्व जाने बिना कोई कैसे जी सकता है !

पर आज एस०पी० मेरे पास आया था। कहता था, चोर मेरठ में पकड़ा जा चुका है। उसने अपराध मान लिया है। माल भी उसी के पास बरामद हो चुका है···

अब तक अलग-अलग सात स्थानों पर सात चोर पकड़े जा चुके हैं। सातों ने अपना-अपना अपराध स्वीकार कर लिया है। सातों के पास माल भी बरामद हो चुका है।

मैं पत्नी को इस विषय में सविस्तार बतलाऊँ, इसके पहले वह गहनों की पोटली मेरे हाथों में रख देती है। मैं कुछ पूछूँ, इसके पूर्व कहना आरंभ कर देती है, "देखा, कलमुँहे दाढ़ीजार की करामात ! बरतन साफ करते-करते हाथ यहाँ तक साफ कर गया ! अभी रोता-रोता आया था। कहता था, 'माँ जी, भूल हो गई है ! बीबी, जिसके लिए यह सब करम-अकरम किया था, कल कपड़ों में आग लगाकर मर गई'···!"

डाकिया आज फिर पत्रों का कोई बहुत बड़ा बंडल उठाए आ रहा है। मैं दूर से ही देखकर पहचान जाता हूँ।

मेरे हाथों में अधखुला एक ताजा अखबार पड़ा है, जिसके पहले ही पृष्ठ पर लोकेश नाम के किसी व्यक्ति का फोटो छपा है, जिसने अब तक पाँच हत्याएँ की हैं। पुलिस को पिछले दस साल से जिसकी तलाश थी। कल जिसे फाँसी के तख्ते पर लटका दिया गया है—पटना हाईकोर्ट के फैसले के अनुसार।

नीचे लिखा है, 'उत्तर प्रदेश के एक गरीब गाँव में जन्मे इस अपराधी को छिछली चट्टानों पर चढ़ने-उतरने की बहुत बड़ी मजबूरी थी। निद्रा की अवस्था में प्रायः प्रतिदिन, हर रात घर से निकल पड़ता था और दुर्गम पहाड़ियों पर चढ़कर अपने को जानबूझकर मुसीबत में डाल लेता था। कहते हैं, पहले कभी यह ट्रक ड्राइवर भी रह चुका है। तीन वर्ष की, स्कूल से लौटती किसी राह चलती बच्ची को जानबूझकर बड़ी बेरहमी से कुचलने के अपराध में इसे छह महीने की सजा भी हुई थी। एक बस-एक्सीडेंट में इसका दाहिना हाथ टूट गया था। लगभग तीन महीने तक किसी दूसरे आदमी के नाम से यह सफदरजंग अस्पताल में पड़ा रहा था। इसे चित्र चुराने का व्यसन था। पिछले ही साल इसने गहनों की एक बहुत बड़ी चोरी की थी। इसे पत्र भेजने का बड़ा शौक रहा। यह अपने अजीबोगरीब पत्रों के उत्तर की रोज प्रतीक्षा किया करता था⋯'

मैं देख रहा हूँ, लोग कह रहे हैं, यह लोकेश नाम का व्यक्ति मैं हूँ और यह अखबार में छपा चित्र भी और किसी का नहीं, मेरा ही है—लोगों ने जिसे कल फाँसी के तख्ते पर लटका दिया है⋯

काला दरिया

अभी वह काला साँप आएगा। दैंत-जैसा। चेहरे पर जैसे तारकोल चुपड़ रखा हो ! अपनी लाल शराबी आँखों से घूरकर देखेगा। फटे बाँस की-सी भर्राई, कर्कश आवाज में कहेगा—"बा-ई-ई, कित्ते की आमद हुई ?—च्च, हरामजादी, बदजात ! खुदा का शुकर समझ···।"

अभी आज फिर हरु'का आएगा। घिघियाता हुआ, खोपड़ी खुजाता हुआ कहेगा—"द वे, ओ उदुली, तेरे सिर पर राख पड़े। कुछ नोन-तेल के लिए धेला-टका देती है या बाल-बच्चों को जहर खिला दूँ ! इस काली मन-मन माल-भाभर से घर कैसे लौटूँ ? सब पहाड़ चले गए हैं, गाय-डंगर, कव्वा-काकड़ तक। लेकिन मैं टूटी कपालि का मरने के लिए यहाँ रह गया हूँ···। जाड़ों-भर धेले की आमद नहीं हुई तेरी कसम !"

रोएगा। गिड़गिड़ाएगा। बेशरम। पाँवों पर हाथ धरके कपाल टिका देगा। कहेगा—"अपने उस्ताद से माँग ले। रोज कमाई कर रही है, मुझे ही कुछ करजा दे दे। अगले साल बनवसा-चकरपुर जाऊँगा तो पाई-पाई चुका दूँगा। तेरी बलै हो ओ उदी !" कहकर मन की पूरी कर लेगा। पैसे भी झाड़कर ठग ले जाएगा, सो अलग।

उदुली का मन भीज-भीज आया। आँखों पर न मालूम किस रेतीले जहर का धुआँ घुट गया है। रोकर भी एक बूँद पानी नहीं टपकता।

सस्ते पाउडर की राख से पुता झुर्रियों-झाँइयों से ढका चेहरा एक बार वह फिर बुझे शीशे में देखती है—जिसका पारा भीतर से उखड़ गया है। किनारों पर पानी के भीगने के छींटे-से उभर आए हैं—दही के जैसे छींटे।

न जाने क्या सोचकर उसने फिर मुँह फेर लिया।

हाँ तो···! उसने एक गहरी साँस भरी—तो फिर आज—हरु'का···!

हरु'का, शराब के नशे में झूमता, लड़खड़ाता, बड़बड़ाता हरु'का, जिसने कल कमरे में पाँव धरते ही कुत्ते की तरह कै कर डाली थी।

उदुली ने रोष में भड़ककर तब खूब डाँटा, फटकारा, यहाँ तक कि उसके

कपड़े नोच-नोचकर फाड़ डाले थे। दाँत पीसते हुए गाल पर चाँटा जड़ दिया था—“अब फिर मुँह दिखलाने चला आया है ओ हरु’का, अपनी दीदी के पास ! इजा (अम्मा) के पास ! कका कहती थी न तुझ कलमुँहे राकस को ! लेकिन तूने सरेआम, भरे बाजार में मुझे नंगी कर टके-टके के मोल बेच डाला। कहीं की भी नहीं रख छोड़ा। तेरे दुःख के मारे, तेरे गाँव-गिराम वालों के वचन-बाणों से बिंधकर अपने टूटे करम को रोने के लिए इत्ती दूर इस नरक में चली आई। लेकिन तू यहाँ भी खोज-खबर लेकर चला आया मुझे फिर लूटने !”

उसने तब एक-एक कर अपने कपड़ों को उतारकर, उसे एक-एक घाव गिनाए।

“देख, देख राँडका, यह सब तेरी बदौलत हुआ। उस्ताद डंडे से पीटता है—जिस दिन कम मजूरी होती है। तूने जिंदा ही मुझे इस घोर पीब के कुंड में धकेल दिया। कसाई, तुझ पर कीड़े पड़ेंगे, कीड़े !” वह फूट-फूटकर रो पड़ी थी।

और, तब पता नहीं कैसे आवेश में उबलकर उसने हरु’का के मुँह पर थूक दिया था। लेकिन वह था बेशरम, चाट गया।

उदुली का बेडौल गात आँधी-पानी में डोलता पीले मालू के पात की तरह काँप आया। वह ईंटों से पटे, तार की पत्तियों वाले बरामदे में निकल आई। जैसे अंदर ही अंदर उसका दम घुट रहा हो।

उसने अचरज-भरी उदास बुझी आँखों से चारों ओर इस तरह देखा, जैसे यह सब जीवन में पहली बार देख रही हो। बड़ी अजीब-सी, भुरजी के भाड़ की तरह अँचती धरती, गरम लू के सनसनाते थपेड़े, चहचहाकर दूर कहीं उड़ती चिड़िया, सामने के बंजर मैदान में चरते एक-आध मरियल गधे, रेत का आसमान की ओर उठता हुआ धुँधला गुबार !

वह फिर कमरे में लौट आई।

लगता है, आज कोई भी आएगा नहीं। उसने सोचा—इस गरम में अच्छा-चंगा आदमी भला आने भी क्यों लगा ? कहते हैं, नकटे रज्जन म्याँ की अकल में पाथर पड़ गया। लकड़ी का ठेका अधूरा छोड़कर पीलीभीत भाग गया। शराब-भट्टी का मालिक वह थुलथुलिया थोकदार ज्यू भी सुना पहाड़ चला गया। वह टेसनिया मास्टर पीनक के नशे में कभी चट्-चट् सीढ़ियाँ चढ़ लेता था। वह कलमुँहा भी पता नहीं कहाँ चला गया। दरवाजे से ही हाँक लगाता था। सारी रात सोने नहीं देता था। रेल की ही कलमुँही बातें दुहराता था। और बाकी तो सब ऐसे ही बन के बनाड़ हैं, कुकुर-काकड़ों की तरह छाती लूछते ही रहते हैं। ईंटों के भट्ठों में

काम करने वाला चमार-सा काला, झक्क-सफेद दाढ़ी वाला, लँगड़ा बूढ़ा मुनसी। कत्था बनाने वाला पुरबिया चाईं। उदोर-उदोरकर बोलने वाला चौकीदार–मुँह से सड़ी बास आती है। हाँ, आज फिर…!

एक तसवीर घिनौनी-सी फिर खिंच गई।

लू का तभी एक जलता झोंका आया। उसने किवाड़ फटाक् सें बंद किए। मुँह का पसीना आँचल से पोंछा। कटे केले के तने की तरह बिछौने पर लुढ़क पड़ी।

धोती एक ओर बिखरकर सिमट गई, लेकिन उसने ध्यान नहीं दिया। जब से यहाँ आई है, नारी-जन्म की सारी लाज-शरम समेटकर उसने छत पर टाँग दी है। अब उसे कुछ भी करने, कुछ भी कहने में हिचक मालूम नहीं होती। शायद वह अब औरत रही ही नहीं। औरत की केवल एक लाश है, मरी हुई, सड़ी हुई, गली हुई लाश–जिसे गली-मुहल्ले के सियार-कुत्ते वक्त-बेवक्त नोचते रहते हैं। जिसे खाते भी हैं–जिस पर थूकते भी हैं।

उसकी आँखों में धुआँ-सा घिर आया।

उसे अपना नन्हा-सा वह पहाड़ी गाँव याद आया, जिसकी बगल से कलकलाती छोटी-सी खोली (नदी) बहती थी। संखमरुड़ की एक सफेद लकीर-सी खिंच जाती थी–दूर तक। सामने देवदार के पेड़ों की ओट में बड़ा-सा गंगनाथ ज्यू का थान, जहाँ वह कभी अपनी बूढ़ी आमा के साथ तीज-त्योहारों को गंगा-जल चढ़ाने जाती थी। हजारी के लाल-पीले फूल, ताँबे के पंच-पात्र में वही समेटकर ले जाती थी। उसके ठीक सामने, परली पार बनतोली का इसकूल। टिकाराम पंडत ज्यू ! ककराली के एक खुटिया बुड़ पंडत ज्यू !

“द वे ओ उदुली, तेरी खोरी में कोरे अकास के बजर बरसे ! तेरी झोगली झोड़ झुके। अरि, इसकूल नहीं चलती ! सुकिया, खिलिया, जई सब चले गए हैं। टिकाराम पंडत ज्यू की टन-टन घाँट खनखना रही है, गंगनाथ के मंदिर की तरह। गोरू-बछिया सब बन-बेत चले गए हैं। घँसारियाँ घास को चली गई हैं। द, तेरी कपाली में आग लगे…!”

दूसरी ओर से देर तक आवाज नहीं लौटती।

हरु’का बिजौरे की तरह तमतमाया मुँह बनाता है, जैसे झिमौड़े (बर) ने काट खाया हो।

उदुली तब भी नहीं आती तो झन्नाकर पाटी-बस्ता धूप से बचने के लिए सिर पर रख लेता है। धमाधम बनतोली के इसकूल की बेत-भर चौड़ी बटिया पार करता है—"न आ ! न आ तिथाड़ीजानी ! न आ···" अपने आप बुदबुदाता है—"न आ।"

वह मन ही मन कुढ़ता है। झुँझलाता है। और तो कोई उसे साथ नहीं ले जाते। चेली (लड़की) है, करके, वह रुकता है तो हजार नखरे दिखाती है।

वह चलता चला जाता है।

"हरु'का ! हँ, हो हरु'का ! तुमरी पौ (पाँव) की बलै। रुकौ हो !" पीछे से बेतहाशा भागती उदुली चिल्लाती है। पर, हरु'का सुनी-अनसुनी कर डालता है। वह जानता है, उदुली की बच्ची जरूर आएगी। आगे अँधियारा, मिसाला जंगल है। लमजुगिया भूत और उलटे पैताने वाली अंधी आँचरी के हजार किस्सों से उसके रोंगटे वैसे ही खड़े हो जाते हैं। उस पर छन-छन मन-मन करता गधेरा आएगा तो रोने लगेगी, चुड़ैल ! वह रुकने के बदले और तेज चाल से, शिकारी की दुनाली की नोक में भागने वाले घुरुण की तरह चौकड़ी भरने लगा।

उदुली दौड़ती-भागती, हाँफती उस तक पहुँचती है, तब तक वन का खराब रास्ता कट जाता है।

हरु'का वन-खंडी के राजा शेर की तरह रोब से उसकी ओर देखता है। कहता है—"ले, ओ उदुली मरजानी, उठा यह मेरा बस्ता !" अपनी तख्ती भी वह उसके सिर पर लाद देता है। "तेरे लिए रुक जो गया, नहीं तो लमजुगिया तेरी आँतें गाज्यो की रस्सी की तरह निकालकर वहीं पर ढेर कर डालता।"

चुपचाप बछिया की नाईं उदुली चलती है।

"मेरे लिए ककड़ी नहीं लाई ?"

"घौल (गरम राख) में सिंके आलू-पिनालू भी नहीं ?"

"अपने ठुल बौज्यू के आँगन से दाड़म भी चोरकर नहीं लाई ?"

"अरी, खसमखानी, राँड़, देखती क्या है ? मेरे पाँव की मालिश कर, यों कर, यों।···अच्छा, अब मैं करूँ तेरी मालिश !"

वह लजाकर लाल हो जाती है।

एक दिन उदुली के पाँव पर पत्थर से चोट लग पड़ी थी। हरु'का घुटने पर बहता खून देखकर उसकी ओर लपका। पहले तो हथेली से देर तक दबाए रखा। खून का बहना रुका नहीं तो घाव पर मुँह लगाकर चूसने लगा।

"द, वे हो हरु'का, तुमने मेरा खून पी लिया ! अब तुम मनस-खात, आदमखोर हो गए !"

हरु'का अट्टहास कर उठता है। उसके होंठों पर लगा खून देखकर उदुली डरती है, लेकिन वह और जोर से खिलखिलाता है—"डरती क्या है, मैं जोगी-बाघ हो गया। एक दिन तुझे ही नोच-नोचकर खाऊँगा, समझ-ई-ई !"

वह भी हँस पड़ती है उसके साथ।

फिर एक दिन स्कूल से लौटते वक्त पहले तो उसे मूँगफली खिलाता है, फिर छेड़खानी करता है।

उदुली की समझ में कुछ नहीं आता। फिर भी उसका अबोध मन जानता है, यह बात भली नहीं।

"मैं सबसे कह दूँगी, घर जाकर—हाँ-आँ-आँ !" और थू-थू वह मूँगफली थूक देती है।

हरु'का मारने दौड़ता है। उसकी चोटी पकड़कर एक धौल जमाता है। वह लुढ़क पड़ती है। अँगूठे में गहरी चोट लग जाती है तो वह खुद भी रोने लगता है और कसम खाता है—अब ऐसी-वैसी बात नहीं करेगा।

उदुली के पिता हरबल्लभ पधान जब मरे तो वह सवा तीन साल की थी। विधवा माँ ने पाला-पोसा। न जाने कहाँ-कहाँ, किस-किसके खेतों पर चाकरी करके। घ्यौंताली का जैसा एक नन्हा-सा घोंसला बनाया—दाँतों से तिनका बटोर-बटोरकर। किसी तरह उसके हाथों कन्यादान हो जाए। चारों धाम के सारे तीरथ-बरत आँगन पर बैठे ही हो जाएँ। कोख-जायी कन्या के दान से महादान इस जग में और ठहरा भी क्या ? अपनी हथेली का मांस खाकर पता नहीं किस तरह से, बत्तीस दाँतों के बीच अकेली जीभ की तरह डरते हुए रहकर उसने अपने कुल-पितरों की आन रखी। कोई कह तो दे कि किसी की तरफ कभी बुरी आँख से देखा तक हो। औरतें हजार राँड़ होकर भी क्या-क्या करम-कुकरम नहीं करतीं ! लेकिन वह··· ।

पर एक दिन खुले आकाश में धूल-भरी आँधी उमड़ आई। देखते-देखते वन में आग लग गई। उदुली का स्कूल जाना बंद हो गया। आधी रात को, खूँटे पर हाथ बाँधकर, मुँह में कपड़ा ठूँसकर खूब मारा था। "कलमुँही, तुझे उस चांडाल के साथ अब देखा तो जलते मलखुए से मुँह झुलस दूँगी। गधेरे में बहा दूँगी। मल्लेघर खिमुली की काकी कहती है कि उसने अपनी आँखों देखा है। कितने दिन देखा है। भरी दोपहरी में वह··· ।"

कई दिनों तक उदुली बाहर न निकली। अंदर ही अंदर रोती रही। वह जानती है, हरु'का बुरा है। उसके मना करने पर भी जोर-जबरदस्ती करता है। लेकिन उसकी लाख बुराई के बावजूद भी वह कौन-सी अच्छाई है जो उसे भली लगती है!

जब माँ खेत गई होती तो वह चुपके से आता। बाहर से ही झाँककर रुआँसा-सा चला जाता।

ग्यारह खतम और बारह शुरू होते-होते उदुली का ब्याह हो गया था।

तब हरु'का खूब रोया था। उसने खूब भाँग पी थी। जब वह घर आई तो पनघट पर टकरा पड़ा था। उसकी आँखों पर से इत्ती-इत्ती बड़ी खारे पानी की बूँदें झरती उसने खुद देखी थीं।

उसी साल हेमंत में बरफ से दबकर माँ मरी। और दो बरस बाद पलटन से खबर आई कि पति आनदेव भी कूच कर गया।

उदुली सबको रो-रोकर सुनाती रही कि उसने एक बार भी पति का मुख नहीं देखा।

चौदह की उमर से, वैधव्य के दस साल उसने देवर-जेठ के जूठे बर्तन माँजने में, चौका-चाकरी करने में लगा दिए। रूखा-सूखा, फटा-पुराना जो मिल गया उसी को बहुत मानकर संतोष किया। लेकिन धीरे-धीरे जेठ-देवर की वंश-बेल बढ़ने लगी तो कलह शुरू हुआ। मार-पीट शुरू हुई। जेठ-देवर ने निर्लज्ज होकर बहू पर हाथ उठाना शुरू किया और एक दिन मार-पीटकर, 'कुलच्छनी' कहकर घर की देहरी से बाहर निकाल दिया। तब मजबूर होकर, हारकर, कातर होकर उसने फिर मैके के टूटे घर की ओर देखा।

हरु'का ने तब भरपूर सहानुभूति जतलाई। अपनी छिपकली-सी पतली, चिड़चिड़ी पत्नी और दो-तीन बाल-बच्चों के साथ-साथ गुमसुम तौर पर उसकी भी परवरिश करने लगा।

उदुली खेत से देर से लौटती। हरु'का चुपचाप अंदर बैठा बीड़ी की लंबी कशें लेता रहता—"उदुली, कहाँ मर गई थी ? तेरी राह देखते-देखते रात हो गई। इत्ती रात क्या कर रही थी ?"

वह रूखा-सूखा खा भी न पाती कि हरु'का उससे जोंक की तरह जा लगता। मन की पूरी कर चुपचाप निकल भागता।

वह रोती। लड़ती-झगड़ती। कोसती—"तुम्हारी नाक घौल (गरम राख) में चली जाए—हो हरु'का ! वक्त-बेवक्त परमेसुर के लिए कुछ तो देखो। तुमने मेरा

धरम भ्रष्ट कर डाला। किसी दिन कुछ हो गया तो ?"

पर दूसरी ओर हरु'का सुनी-अनसुनी कर देता। कहता—"हँ, हो उदुली, तू तो जनम की ऐसी है। पिनालू के पात में भी क्या कभी पानी ठहरता है ? अरे, ठहर भी गया तो क्या हुआ ! मैं रख लूँगा। तेरे मुख पर कोइला नहीं पुतने दूँगा।"

"ना, ना ! नाता-रिश्ता पास का होकर भी दूर का है। ब्याह भी इस कलजुग में चल सकता है। लेकिन नौ मुखों की बात कौन सुनेगा ?"

"अरी, कह तो रहा हूँ, मरद के हजार ब्याह होते हैं, फिर ?"

"लेकिन हरु'का, रहने दो हो। छोड़ो, बदनामी होगी। नाक कट जाएगी।"

हरु'का अपने को रोक नहीं पाता। तिलमिला पड़ता—"तेरी खोरी में पाथर पड़े। राँड़, तेरी ही बदनामी होगी या मेरी भी ? तुझे कौन पूछता है ? तू किस गिनती में है ? मुझे अपनी फिकर नहीं, फिर तुझे···।" वह फिर मिसरी घोल देता, "उदि···"

उदुली को सूझता क्या !

उसे लगता, वह भँवर में डूब रही है। डूबती चली जा रही है। दूर कहीं रस्सी तैर रही है, नहीं-नहीं, साँप है। चाहकर भी उसके हाथ बढ़ नहीं पाते।

"लेकिन हरु'का !" वह कुछ क्षण बाद न जाने क्या सोचकर कहती—"तुम आते हो तो कभी मंगल, छनिच्चर को आओ। पर इन लौंडों का भीड़-भड़क्का क्यों हाँक लाते हो ? मेरा तन कच्चे किले की तरह दुखता है, टूट-टूट जाता है। अगले दिन फिर खेत पर काम नहीं हो पाता। काम नहीं करूँगी तो खाऊँगी क्या ?"

हरु'का चुपचाप अठन्नी-चवन्नी जेब से निकालकर उसकी गरम हथेली में थमा देता—"अरी, बदजात, जैसा एक, वैसे दो, वैसे तीन। फरक क्या पड़ता है ? भाई लोग तेरे गुन गाते हैं। तुझसे छीन क्या लेते हैं ?"

एक दिन उससे रहा नहीं जाता।

"तुम्हारे पाँव पड़ूँ हो हरु'का ! तुम इधर न आओ। गौ-गिराम में घाँट बजा-बजाकर बदनामी हो रही है। मुझे फाँसी लगाने को···।"

"धत्त तेरी की ! अच्छा, आज सही···।"

लेकिन एक दिन पूरे गौ-गिराम में हो-हल्ला। हरु'का नदारद।

"अरे, अंधेर हो गया, अंधेर। बिधौरी उदुली राँड़ के···।"

"पहले तो नकटी आनसिंह, प्रताप, गोबिंदिया का भी नाम लेती थी। अब कहती है, हरु'का का ही है।"

उदुली को कुछ सूझा नहीं तो बच्चे को लेकर नामकरण के लिए हरु'का की देहरी पर बैठ गई। लेकिन हरु'का की बूढ़ी माँ ने उस पर थूक-थूककर उसका और उसके पुरखों का श्राद्ध करना शुरू कर दिया।

वह सोचकर आई थी कि या तो हरु'का नामकरण करेगा या बच्चे की परवरस करेगा या वह वहीं पर जीभ ठूँगकर आत्मघात कर लेगी, पर पंचाइत ने कुछ भी सुलझाया नहीं। तिनके को तिनाड़ तक नहीं कहा।

भरी आधी रात को हरु'का ने उसका झोंटा पकड़ा। उसकी औरत सुबली ने मार-मारकर मरी लाश की तरह बाहर घसीट दिया।

कहते हैं, बूढ़े किसनबल्लभ ने भी पीटा। केशव के लड़के लछमन ने भी। लँगड़ा निलुआ भी सुना, हाथ उठाने पर उतर आया।

रो-रोकर दूसरे दिन उदुली लोहाघाट की कचहरी में चली गई।

"हजूर, माई-बाप, मेरा 'न्या' करो हो।" बच्चे को सा'ब के सामने रखकर वह फूट पड़ी।

सवा बरस केस चला।

"कोई सबूत ?"

"हजूर, इसकी सूरत उससे मिलती है या नहीं ?"

हरु'का की नाक नीची।

"सरकार, यह मेरी बदनामी पर उतरी है। मेरे दुश्मनों ने इसे पट्टी पढ़ा रखी है। अगर मैं झूठ बोलूँ तो मेरा सत्यानाश हो जाए। मेरी आन-औलाद मेरे लिए न रहे। बच्चा मेरा कैसे हो सकता है ? मैं नाते-रिश्ते में इसका कका लगता हूँ। मैंने कुछ किया हो तो अपनी बहन से किया हो। माँ से किया हो।"

हलफनामा उठाकर, जीतकर वह निकल भागा।

लेकिन अब कहाँ निकल भागे उदुली ! उसका काला मुख खुला का खुला रह गया।

"रंडी ने किसी को खराब करने से नहीं छोड़ा। इलाके का नाम डुबा दिया।"

"अच्छा हुआ रंडी भाग गई कहीं दूर परदेस। बच्चा सुना, मर गया। अरे, डाइन ने मार दिया होगा।"

"अरे, भाभर चली गई है। पहले किसी कुँजड़े ने रखी। बाद में नाई भगा ले गया।"

"कहाँ ?"

"लोग कहते हैं, चकरपुर चली गई। कोठे पर है राँड़ ! अब सरेआम बैठती

है मसुल्टिए के घर।"

दूर कहीं से 'कहाँ-कहाँ' बच्चे के रोने की आवाज आई। उदुली को लगा, उसकी कोख का बच्चा अभी मरा नहीं, जिंदा है।

उसने कानों पर हाथ रख दिया।

तभी टक्-टक् आहट हुई।

किवाड़ खोलकर कोई अंदर आया।

"उदि, तू रो रही है ?…कल नशे में जाने क्या-क्या कह गया !"

उदुली ने देखा नहीं।

"कल घर जाने की सोच रहा हूँ। एक भी टका पास नहीं।" खों-खों कर उसने खाँसा और फर्श के एक कोने में थूका तो उदुली ने देखा—कफ में खून के लाल-लाल चकत्ते-से हैं।

एक गहरी साँस भरकर उसने कहा—"दो बच्चे पिछले साल हैजे में चल बसे। औरत को मरे तीन साल से ऊपर हो गया। डॉक्टर कहते हैं कि मैं टनकपुर मंडी से ऊपर पहुँचता हूँ…कि नहीं !"

उदुली के मुँह से अब भी कोई शब्द नहीं फूटा।

"टिकट का किराया माल-असबाब बेचकर निकल आया। पर हाँ, मर गया तो कफ्फन !"

उदुली को लगा, दुनिया घूम रही है। अपने को किसी तरह सँभालकर वह उठी। पूरे दिन की कमाई एक-एक के दो-तीन गंदे नोट, कुछ फुटकर रेजगारी, कुछ पैसे उसने सामने रख दिए।

वह मुड़ा। दरवाजे से बाहर पहुँचा भी नहीं कि तभी उस्ताद की लाल-लाल माथे पर चढ़ी आँखों ने गुस्से से उसे देखा—"हरामजादी, ला सब ! आज कित्ता कमाया ? खुदा की कसम, तेरी बोटी-बोटी नोच लूँगा। बताती क्यों नहीं, अभी जाने वाला कित्ते रुपए दे गया ?"

आँखें

बापू की याद अब नहीं, केवल धुँधली-सी रेखाएँ उभरती हैं—फिर ओझल हो जाती हैं—बीते सपनों की तरह !

फिर भी एक अभाव तो अंत में खटकता ही है। लगता है, कुछ खो गया है। अँधियारे में कुछ बिखर गया है। कुछ अनहोना हो गया—जो होना नहीं चाहिए था। एक टीस, एक पीड़ा उठती है—अभाव की, जो क्षण-भर में तिरोहित हो जाती—जब बाबा की ओर देखते।

बाबा ने लू से झुलसते, हम सब अभागों को अपने बूढ़े पंखों की शीतल छाँह में समेट लिया था। जब से बापू गए, बाबा ने उनकी जगह ले ली। कभी भी हमें कोई अभाव अखरने न दिया।

जब भी कोई दुःख हुआ, बाबा की गोद में मुँह छिपाकर रो दिए—बाबा ने स्नेह से सिर सहला दिया। प्यार से झिड़क दिया या समझा दिया या हँसा दिया। अथवा स्वयं ही हँस पड़े, अनायास ! बाबा जब हँसते या हँसने का प्रयास भर करते, वातावरण कहकहों से गूँज उठता। लेकिन कहकहों के पीछे कितनी बेबसी, कितनी वेदना, कितना दुःख था, इसका हिसाब कभी किसी ने नहीं लगाया और न लगाने की आवश्यकता ही अनुभव की।

लंबा-चौड़ा परिवार—बीस-पचीस जनों का ! छोटे काका, मँझले काका, उनसे बड़े—सबसे बड़े काका ! उस पर फूफाजी, जिज्जी और बच्चे-कच्चे। पूरी एक बरात-सी लगती—सुबह-साँझ ! पर बाबा सबसे न्यारे थे। माला के बड़े मनके की तरह सबको गूँथे रहते। सभी के लिए उनके विशाल हृदय में स्नेह था, सौहार्द था, मोह-ममता थी। लेकिन हमारे लिए उनका हृदय और भी कोमल था।

घर में कभी बच्चों में छीना-झपटी, मार-पीट हुई तो बाबा हमारी ही तरफदारी करते। काका घर में खाने-पीने की चीज लाए नहीं कि बाबा की सबसे पहली पुकार हमीं पर ही पड़ती। आई और काकी में झगड़ा हुआ नहीं कि बाबा आई को ही समझाते—बहू, तू सबसे बड़ी है। सबसे सयानी। तुझे सबसे अधिक सहना चाहिए ! जो सहता है, उसी की रहती है। हमारा परभात कैसा गऊ था! बाबा की

आवाज गले में ही, भँवर खाकर रुक जाती।

तीस-पैंतीस साल की सरकारी नौकरी के बाद बाबा रिटायर हुए थे। मुश्किल से दो-ढाई बरस आराम से बैठे होंगे कि बापू के वैकुंठवास के दो-तीन ही महीने पश्चात् देखा—बाबा संदूक में छिपाया अपना बंद गले का ऊनी कोट पहन रहे हैं। पाँवों पर सिलपट के जूते डालकर मेरी ओर इशारा करते हुए कह रहे हैं, "रिचा, लाठी तो निकाल, बेटा ! दालान के पिछवाड़े खूँटी पर टँगी होगी।"

"कहाँ जाना है, बाबा ? मैं भी चलूँ बाजार ?"

बाबा ने उत्तर नहीं दिया, जैसे सुना ही न हो। कुछ क्षण खड़े रहे, किन्हीं विचारों में डूबे। फिर लाठी थामे टक्-टक् चल पड़े।

रोज ही बाबा का यह नियम हो गया।

मेरी समझ में न आता। दादी से एक दिन पूछा तो बोलीं, "काम पर जाते हैं। पिरायभेट बंक में।"

"बाबा की नौकरी तो खतम हो गई, फिर काम पर क्यों जाते हैं, दादी ?" मैंने फिर पूछा तो इस बार आई ने उत्तर दिया, जो पास ही मुगौड़ी भिगो रही थी, "अरी, क्यों जाते हैं ! तुम्हारे खातिर और क्यों ? ऐसे टूटे कपाल के पैदा न होते तो इस उम्र में उन्हें सुख देने के बदले दुःख देते !"

समझी नहीं ! आई यह टूटे कपाल की कौन-सी नई बात कह रही हैं। मैंने माथे पर हाथ लगाकर देखा, कहीं दरार दीखी नहीं ! फिर हमने इस उम्र में बाबा को कौन-सा कष्ट दिया ? कष्ट तो काका देते हैं। बिना बात लड़ते-झगड़ते हैं। जो मन में आया, कहते हैं। कुछ भी लिहाज सयानेपन का करते नहीं। फिर हमारा क्या दोष ?

दोनों बड़े चाचाओं की नौकरी शहर में ही थी। दोनों का स्वभाव कुछ तीखा था। बात-बात में हर किसी को झिड़क देते। बच्चों को चाँटे जड़ देते और इतने जोर से चिंघाड़ते कि शरीर में कँपकँपी छूट जाती। इसलिए उनके सामने जाने में भय लगता।

अतः किसी चीज की जरूरत पड़ी तो काकी से कहा। काकी ने हाथ नचाते हुए, मुँह बनाते हुए अनमना-सा उत्तर दे दिया और काका की ओर इंगित कर दिया। लेकिन काका के सामने जाए कौन—इसलिए होंठ सिए, चुप हो गए। पर जरूरत तो दबाए दबती नहीं। चिनगारी की तरह उभरकर ऊपर आ ही जाती है। अब आई का आँचल खींचा—झुँझलाकर, झगड़कर ! बेचारी आई के पास क्या था ? कहाँ से देतीं वह ? हमारे बहुत जिद करने पर दादी से कह देतीं और दादी बाबा से।

जितनी जरूरत हुई, जितना कहा—बाबा चुपचाप जेब से निकालकर सामने रख देते। उनके पास हों या न हों, फिर भी हमें तो मिल ही जाते। कभी भी उन्होंने क्यों और किसलिए नहीं पूछा। मन्नू स्लेटी और स्याही के पैसे लेकर सिनेमा देख आता। जिज्जी किताबों का बहाना बना ब्लाउज ले आतीं या चुन्नी खरीद लातीं या सहेलियों के साथ कॉलेज से आती-जाती खर्च कर डालतीं। बाबा सब जानते थे, पर चुप रहते। एक दिन दादी ने कुछ सुनाकर कहा तो बाबा सदा की तरह शांत स्वर में बोले, "बेचारों का बाप होता तो कित्ता खरच करते ! तू नहीं जानती, परभात की माँ ! बच्चों का मन कैसा होता है !"

संभवतः यही एक कारण था कि बाबा को इस उम्र में भी दूसरों की चाकरी करनी पड़ती। काका का स्वभाव बदल नहीं सकता, यह वे भली भाँति जानते थे। और यह भी उनसे छिपा नहीं था कि वे ही हमारा खयाल नहीं करेंगे तो दूसरा कौन करेगा ! बाप का अभाव न अखरे, सब हमारे साथ परायों का-सा सलूक न करें—बाबा इसके लिए सब कुछ करते।

घूमना कम कर दिया। पूजा-पाठ कम कर दिया। सुबह थोड़ा-सा समय बचता। बाबा खाया-अनखाया कर वैसे ही हड़बड़ाते हुए तैयार होने लगते। जल्दी में कभी टोपी भूल जाते, कभी छतरी, कभी कलम।

घर बैठे-बैठे भी बाबा की अँगुलियाँ अपने आप चलती रहतीं, जैसे नोटों को गिन रहे हों। बातें कहीं करते, मन कहीं और होता। एकांत में बैठे-बैठे कभी अपने आप बुदबुदाते रहते—एक सौ अस्सी !…नब्बे…दो सौ…पूरे…दो…

"बाबा, आप ये क्या करते हैं ?" कभी पूछती तो बाबा उसी धुन में कहते, "कुछ नहीं ! कुछ नहीं ! अरी…अरी…अरी…पगली…!…च्च…!…तूने गड़बड़ कर दी।"

"क्या…बाबा ? क्या ?"

बाबा फिर खो जाते।

पुराना दमा था। मौसम के बदलाव से कुछ बढ़ आया तो बाबा चार-छह दिन काम पर न गए। एक रोज तनिक सुधार दीखा। फिर तैयार होने लगे। लाठी तक थामी न जाती, फिर भी रिक्शा पर बैठकर जाने पर तुले थे। बाबा सचमुच बहुत कमजोर हो गए थे अब। हाथों पर नसों के तार साफ झलकते। खाल लटक आई थी। विषाद-भरा चेहरा झुर्रियों से ढँक गया था। बापू की मौत, बाबा के लिए हर तरह से असह्य हो आई थी।

आई. दीदी, जिज्जी—सब बैठी थीं। मैंने हठ करते हुए कहा, "बाबा, आप

काम पर क्यों जाते हैं ? अपने बदले जिज्जी को क्यों नहीं भेज देते ? सब लड़कियाँ आजकल नौकरी करती हैं। जिज्जी भी करेंगी। खूब पैसे कमाकर लाएँगी। क्या हरज है ?"

"चुप-चुप ! बकरी की तरह मुँह बहुत फुरफुराती है।" आई कह ही रही थीं कि बाबा ने जोर से तमाचा मेरे गाल पर लगाया। पाँचों अँगुलियों के पाँच निशान पड़ गए, "अरे, अभी मैं मरा तो नहीं ! मरा तो नहीं !" खाँसते-खाँसते बोले, "मेरी बहू-बेटियाँ मेरे होते हुए दूसरों की चाकरी करें ! जिस दिन मैं मर जाऊँ, उस दिन ऐसी-वैसी बातें मुँह से निकालना। समझे ! समझे !" बाबा का तिनके-सा शरीर आवेश में काँप रहा था। आवाज भर्रा आई थी। बाबा के मर्म पर शायद गहरी चोट पड़ी थी—बहुत गहरी !

बाबा की बुझी पलकें सहसा भीग आईं।

फिर भी वह काम पर गए।

उसके बाद दो-तीन महीने न जा सके। फिर चार-छह दिन गए और फिर कभी भी नहीं !

जिन अभागों के जीवन में बचपन से ही हर तरह का अभाव रहता है, दुःख रहता है, अनवरत संघर्ष रहता है, उन्हें उम्र से पहले ही अक्ल आ जाती है। वही हाल हमारा था। प्रतारणाओं ने बचपन में ही बड़े-बड़े सबक सिखला दिए थे।

धीरे-धीरे ज्यों-ज्यों समझ आती गई, बाबा को कम परेशान करने लगे। बाबा की आँखें पहले से ही कमजोर थीं, जो धीरे-धीरे धुँधली होती चली गईं। अतः बाबा से पैसे के लिए जिद करना, रूठना-झगड़ना भी हमने छोड़ दिया था।

काका ने खर्चा देना एक तरह से बंद कर दिया। बाबा का कमाया धेला-टका पहले ही चुक गया था। लोक-लाज के लिए तिनकों के सहारे टिका, मिला-जुला परिवार था। बाबा के हुकूमत के दिन हमेशा के लिए ढल चुके थे।

पत्थर की तरह बाबा दिन-रात बिछौने पर पड़े रहते। पहले वे रोज उजले कपड़े पहनते थे, लेकिन अब हफ्तों में किसी ने बदल दिए और कभी वे भी नहीं। सोना, खाना—सब अनियमित चलता। हाथों से टटोल-टटोलकर कभी बाहर आते और सर्दियों में बैठे-बैठे वक्त गुजार देते।

दादी अपनी असमर्थता प्रकट करतीं। होंठों ही होंठों में बुदबुदातीं, "क्या करूँ ! बच्चे रार मचाते हैं। सुबह से साँझ तक घसीटते फिरते हैं। उनकी ही

चाकरी में सारा समय बीत जाता है।"

प्रत्युत्तर में बाबा अबोध बालक की तरह देखते रहते, कुछ कह न पाते।

घर में जगह कम थी। काका ने कहा, "मिलने-जुलने वाले आते रहते हैं। बैठने-बिठाने की भी तंगी रहती है।...जगह-जगह खँखारना-खाँसना अच्छा नहीं लगता...पीकदान गले-गले तक भरी रहती है। मक्खियाँ भिनभिनाती हैं। बदबू के मारे बैठना बेहाल हो जाता है।"

बाबा ने चुपके से जगह खाली कर दी। अब वे पिछवाड़े के बरामदे में ही पड़े रहते—जाड़ों की किटकिटाती भयंकर ठंड, गरमी की तपन और बरखा की बौछारों में भी। जब तक कि आई-दादी उठाती नहीं, वे पड़े ही रहते।

पिछवाड़े के बरामदे में दिन में ही रात रहती है। सीलन और मच्छरों की भिन-भिन अलग। पर किसी के पास इतना समय न था जो यह सब ठीक कर देता। शायद ही कोई उधर झाँकता हो। बच्चे भी पास फटकते न थे। पता नहीं क्यों डरते थे ?

जब भी मैं खाली होती, बाबा की चारपाई की पाटी पर बिल्ली की तरह बैठ जाती। बाबा पूछते—"अब साँझ है या सवेरा ? पता नहीं सूरज कब उगता है, कब छिपता है। इन अंधी आँखों ने कहीं का भी नहीं रख छोड़ा। मुँहजली मौत भी तो आती नहीं।"

बाबा की मुरझाई आकृति और उदास हो जाती।

लेकिन मैं तान अलापे रहती, "बाबा, आज बरखा हुई—इत्ती-इत्ती बरखा, बाबा इत्ती...ई"...दोनों बौनी बाँहें फैला देती, "आज भालू का नाच देखा, बाबा ! भालू का मालिक उसे पीटता है, लेकिन वह उसे काटता तक नहीं। रमचन्ना कहता है—भालू अपने मालिक को बहुत प्यार करता है। जानवर भी प्यार करते हैं, बाबा ! उसके भी बच्चे होते हैं !"

बाबा का ध्यान मेरी बातों की ओर न रहता। वे केवल अपना सिर हिला देते। मेरे नन्हे हाथों को थामे सहलाते रहते। फिर अपने होंठों पर लगी पपड़ी पर जीभ फेरते हुए कहते, "तुझे दूध मिलता है, रिचा ?"

"हाँ, बाबा !"

"कित्ता ?"

"काँच की कटोरी भर !"

"पर, तू तो बहुत कमजोर लगती है आजकल !"

"नहीं, बाबा, मैं तो मोटी हो गई हूँ—बैलून की तरह।" खिल-खिल हँस

पड़ती। बाबा के मुँह की ओर ताकती, “आपको तो बाबा दीखता नहीं ! फिर कैसे कहते हैं कि मैं कमजोर हो गई ?”

“कौन कहता है, मुझे दीखता नहीं !” बाबा मेरे बिखरे बालों को सहलाते, “तेरी अंग्रेजी की किताब खो गई थी न उस दिन…!”

“हाँ, बाबा ! आपको कैसे पता ? आपने कहाँ देखी ?” अचरज से कहती। पर दूसरे ही पल मुरझा जाती, क्योंकि किताब न होने के कारण पिछले कुछ दिनों से मुझे कितनी परेशानियाँ उठानी पड़ रही थीं, बाबा को क्या मालूम ! रोज मैडम की डाँट पड़ती, सबके सामने कुर्सी पर खड़ा करतीं, फिर बाहर निकाल देतीं। लेकिन क्या करती ! बाबा से कहने का कितनी बार निश्चय किया, सामने कितनी बार इसी इरादे से जाती, पर लौट आती। गले से आवाज ही न फूटती थी।

“तो तू कैसे काम चलाती है ?”

“कभी सत्तू से माँग लेती हूँ, कभी रोजा से। पर वे भी मना कर देती हैं, बाबा !”

“तो तूने मुझसे क्यों नहीं कहा ?”

मैं कुछ उत्तर न दे सकी।

“बोल न, तूने मुझसे क्यों नहीं कहा ?”

मैं फिर चुप।

“बोलती क्यों नहीं ? तूने मुझसे क्यों नहीं कहा ? मैं मर तो नहीं गया था!” बाबा ने प्यार से डपटकर कहा तो उनकी गोदी में मुँह छिपाए रो दी।

बाबा से पूछे बिना तिनका तक न हिलता था कभी। लेकिन अब सब सुनी-अनसुनी कर देते। बड़े काका तो बिना बात उलझ पड़ते, “आप हर चीज में दखल क्यों देते हैं ? अपना चुपचाप खाइए और आराम से पड़े रहिए।” बाबा का चेहरा सूखे खजूर के बराबर हो जाता।

दादी किसी को नाखुश न करतीं। काका-काकी का ही पक्ष लेतीं। फिर बाबा के पास आकर कहतीं, “आप भी निरे नादान हो जाते हैं कभी-कभी ! क्यों जिद करते हैं ? झगड़ने से भी क्या कोई बात बनती है ! वे जैसा करते हैं, सब सह क्यों नहीं लेते ? अरे, मेमने ढँके जा सकते हैं, मौने (बकरी के बड़े बच्चे) तो नहीं !”

इधर-उधर से, चारों ओर से निराश होकर, छोटे काका पर ही बाबा की सारी आशाएँ अटकी थीं। जो कोई भी घर आता, उन्हीं का बखान करते। दादी से पैसे

लेकर मुझसे चिट्ठी लिखवाते। दो-चार अक्षर ही बोल पाते कि अटक पड़ते। सिर खुजाते, रूखी घास की तरह उगी दाढ़ी पर हाथ फेरते या अँगुलियाँ चटकाते। फिर भी सूझता नहीं तो कह पड़ते, “अच्छा, अब घर की कुशल-बात तू अपने मन से लिख दे और लाल लेटर बॉक्स में गेर दे।” चिट्ठी गिरवाने के बाद कहते, “च्चऽ! पता लिखवाना तो रह ही गया, रिचा !”

इस बुढ़ापे में जब सारे पंख कट गए, आशाओं की डोर शिथिल हो गई तो एक तिनके के सहारे बाबा के प्राण अटके थे।

लंबे अरसे के बाद एक बार छोटे काका आए। बाबा का कुम्हलाया चेहरा चमक उठा। शायद बाबा उनसे जी भरकर बातें करना चाहते थे। कुछ कहना चाहते थे। कुछ सुनना चाहते थे। पर बाबा एक बार भी भली भाँति मिल न पाए। काका केवल दो दिन रहे, फिर चले गए। बाबा से जाड़ों में कभी उधर आने को कह गए और सौ रुपए सबकी निगाहें बचाकर उनके हाथों में रख गए।

बाबा देखते रहे—मुट्ठी में भिंचे नोटों की ओर—अंधी आँखों से !

एकादशी, दशमी आदि तीज-त्योहारों को देहरी पर बामन आते। बहू-बेटियाँ आतीं। बाबा ने जीवन-भर सबको समझा और दिया। पर अब कहाँ से देते ?

बाबा के हाथ में कुछ भी न था। फिर भी आई-दादी से कपड़े-लत्तों के बारे में पूछते रहते। न होने पर भी वे कह देतीं—उनके पास सब कुछ है। उन्हें किसी भी चीज की तंगी नहीं।

आई, काकी या जिज्जी की फटी धोतियों से तन ढाँपती है। फिर भी कहती है, सब कुछ है। यों झूठ बोलकर उन्हें क्या मिलता होगा ! समझ में आता न था तब।

बरसात बीती। जाड़ों के दिन आए। बाबा को सूझता न था, क्या करें ? किधर जाएँ ? वास्तव में घर की घुटन-भरी जिंदगी से बुरी तरह ऊब चुके थे। त्राण पाने के लिए कहीं दूर—बहुत दूर चले जाना चाहते थे। लेकिन कहाँ ?

तभी छोटे काका की चिट्ठी आई। बाबा को जैसे मनचाही राह मिल गई।

वे तैयारी में जुट गए। जरूरत के सारे कपड़े ले गए। कौन जाने वहाँ से कब लौटना हो ! मन लग गया तो साल-छह महीने वहीं रह लेंगे।

कपड़े लिए, लाठी ली और मुझे भी साथ ले जाना न भूले, ताकि बाहर-भीतर जाने में दिक्कत न हो।

छोटे काका की अच्छी नौकरी थी। उनके सब बच्चे अच्छे-अच्छे कपड़े पहनते

थे। अच्छे स्कूलों में पढ़ते थे। उनके पास ढेर सारे अच्छे खिलौने थे। तीन पहिए वाली साइकिल थी। काकी भी हमारे स्कूल की मैडम जी की तरह ठसके से रहतीं। बाप रे बाप, तीन-तीन ट्रंक साड़ियों से भरे थे ! मेज पर बैठकर होटलों की तरह खाना खाते थे। मुझसे खाते समय मेज पर, लाख बचाव करने पर भी जूठा छूट ही जाता तो काकी वहीं पर झिड़क देतीं। तब बाबा मेरी तरफदारी करते, "लड़की बड़ी अकल वाली है, बहू ! यहाँ रहते-रहते सब सीख जाएगी। पहाड़ के छोटे कस्बों में बच्चे क्या सीखते हैं ! तभी तो यहाँ लाया हूँ। अब यहीं छोड़ जाऊँगा। तुम लोग ही इसे कुछ सिखा देना। वहाँ तो डाँट-फटकार ही खाती रहती है बेचारी !"

बाबा अपनी आदत से मजबूर, देर तक कहते रहते। काकी मुँह बिचकातीं, हाथ नचातीं, पर बाबा को तो दीखता ही न था।

थोड़े ही दिनों में बाबा का दम यहाँ भी घुटने लगा। जी भर गया। बात असल में यह थी कि घर में काका की बनिस्बत काकी की अधिक चलती थी। उनके मैके वाले अच्छे खाते-पीते घर के थे। बरेली में ही एक-दो मकान थे। दुकानें थीं। वह मकान भी उन्हीं का था। उन्हीं के साथ एक हिस्से में काका भी रहते थे।

नानाजी (काकी के पिता) बात-बात पर बाबा की खिल्लियाँ उड़ाते। मुँह बनाया करते। उनकी देखा-देखी बच्चों ने भी यही सीख लिया। बाबा को दमा था। बार-बार खाँसी आती। बच्चे भी उनके मुँह के सामने मुँह ले जाकर खों-खों खाँसने लगते। बाबा को डकारें आतीं। वे भी बिना बात डकारते। बाबा कुछ झुककर चलते। वे भी वैसे ही झुका करते। बाबा 'हमारे जमाने में ऐसा होता था, हमारे जमाने में वैसा होता था, हम ऐसा करते थे⋯' ऐसी पुरानी बातें सुनाया करते थे। नाना को यह भला न लगता। उन्होंने बाबा का नाम 'हमारे जमाने में' रख दिया। उनके घर के सब लोग उन्हें 'हमारे जमाने में' ही कहा करते—काका-काकी के सामने ही। पर वे गुस्सा न होते। उलटे उनकी हँसी में हँसी मिलाकर, खिलखिलाकर हँस देते।

नाना अकसर पूछा करते, "तेरे बाबा की एक बाजार बंद है या दोनों ?"

मुझे गुस्सा आता, बहुत गुस्सा। लेकिन पराए घर में कर क्या सकती थी !

बाबा स्वभाव से ही सरल थे। छल-प्रपंच आता-जाता न था। जिसने जो कहा, सब सच मान लेते।

जाड़ा उस साल अधिक था। उस पर पिछली रात से झमाझम पानी गिर रहा था। टिन की छत पर तड़ातड़ बौछारों के अतिरिक्त कुछ सुनाई न देता था।

हम लोग नीचे की मंजिल पर बैठे थे—नाना के कमरे में।

बाबा तमाखू पी रहे थे। नाना को सुना रहे थे—उन्होंने अपनी छोटी-सी

कमाई के बलबूते पर इतने लड़के कैसे पढ़ाए। इतने बड़े परिवार का भरण-पोषण कैसे किया। कैसे मकान खड़ा किया। भाई-बिरादरी में नाक ऊँची कैसे रखी।

नाना इन बातों से उकता गए थे। ध्यान कहीं और था। बाहर बौछारों की ओर देख रहे थे। तभी उन्हें क्या सूझा, बात काटते हुए सहज चिंता से बोले, "अरे, राम···सड़क का पानी कमरे की ओर आ रहा है, जोशी जी !"

"क्या कहा ? कमरे की ओर पानी आ रहा है !" विस्मय से बाबा के होंठ खुले।

"हाँ, जोशी जी, जमीन जलमयी हो गई है। सड़कें, नहरों की तरह लबालब भर गई हैं। इतना पानी भला कहाँ जाएगा ?"

इस अप्रत्याशित दुर्घटना से बाबा भयभीत हो उठे। दीखता तो था नहीं, चेहरे पर वैसे ही हवाइयाँ उड़ने लगीं।

"तिवारी जी, अब कहाँ-कहाँ तक आ गया पानी ?" थोड़ी देर बाद पूछा।

"बस, कमरे में एक इंच भर गया।"

धीरे-धीरे दो इंच, तीन इंच, तेरह इंच भर गया।

बाबा की आकृति का रंग उतरने लगा, "अब कित्ता, तिवारी जी ?"

"यही कोई तेरह-चौदह इंच !"

"और अब ?"

"अरे, बाप रे ! चारपाई तक···" नाना कह ही रहे थे कि बाबा ने हड़बड़ाकर पानी की थाह लेने के लिए हाथ नीचे बढ़ाया, पर नानाजी ने रोक दिया, "बौरा गए क्या ? पानी में डूबेंगे ?"

बाबा का बूढ़ा शरीर तिनके की तरह काँपने लगा।

"लो, जोशी जी, अब चारपाई तक पहुँच ही गया। चारपाई बहने ही वाली है।"

"मुझे बचाओ ! हाय राम···मैं डूब गया !" बाबा हवा में हाथ-पाँव छटपटाते हुए जोर से चिल्लाए।

सब हँस पड़े।

भागते-भागते ऊपर से काका आए। काकी आईं। सब आए और खिलखिलाकर मुँह फाड़े हँसने लगे।

हँसी देर बाद थमी। सबने बाबा को आश्वासन दिया कि पानी कहीं भी नहीं आया। यों ही केवल हँसी कर रहे थे। तब भी बाबा का हृदय धड़कता रहा। शरीर रह-रहकर काँपता रहा। चेहरे पर अजीब-से आतंक का भाव छा गया।

इस घटना ने बाबा को बुरी तरह झकझोर दिया।

उस रात वे सोए नहीं। तमाखू फूँकते रहे। दूसरे दिन सुबह उठते ही मेरा हाथ थामे गाड़ी में जा बैठे। काका ने कितना मना किया, पर माने नहीं।

रास्ते में हल्द्वानी पड़ता था। वहाँ मेरी सबसे बड़ी जिज्जी सुदर्शना ब्याही थीं। बाबा इस दयनीय दशा में वहाँ न रुकते, फिर भी रुके।

जीजाजी डॉक्टर थे। अच्छी-खासी आमदनी थी। ऊँचा घर था। बड़ी आवभगत हुई हमारी।

बाबा ने अपनी आँखों की जाँच करवाई।

जीजाजी बड़ी मेहनत से देखने लगे।

"क्या ये अच्छी नहीं हो सकतीं, पंडतजी ?"

जीजाजी बड़े ध्यान से देखते रहे। अंत में बोले—डॉक्टरी लहजे में, "लगता है, कतई बेकार हो गई हैं। इलाज-विलाज से कुछ होने वाला दीखता नहीं।"

"किसी भी चीज से नहीं ?"

"ना ! इलाज हो ही नहीं सकता।"

"तो क्या हो सकता है ?" माथा दबाते हुए एक गहरी साँस भरकर बाबा ने कहा, "मेरी आँखें मिल जातीं तो…" इससे अधिक कुछ कह न सके।

रात को खाते समय बाबा ने फिर यही चर्चा छेड़ी। न जाने वे किस धुन में थे। जीजाजी ने विस्तार से बताया, "इलाज हो ही नहीं सकता। हाँ, आँखें बदली जरूर जा सकती हैं। किसी और की पुतली चढ़ाई जा सकती हैं, लेकिन वह सब बहुत महँगा पड़ेगा। हम जैसे लोगों के वश की बात नहीं।"

बाबा चुप हो गए, पर अंतर्द्वंद्व चलता रहा। घर लौटने पर भी उनकी वही दशा रही। जो कोई भी टकराता, आँखों का ही जिक्र करते। लोग हँसते। तरह-तरह की बातें करते। बाबा सब मान लेते।

उस दिन सोनी, मन्नू, रावी सब बाहर मैदान में खेल रहे थे। आई काकी के साथ मंदिर गई थीं, जिज्जी सहेली के घर। काका अभी तक लौटे नहीं थे। मैं टटोलती-टटोलती बाबा के कमरे की ओर बढ़ी। खिड़की से झाँका…बाबा की चारपाई पर दादी बैठी थीं। बाबा बच्चों की तरह सिसक-सिसककर रो रहे थे। कह रहे थे, "मुझे आँखें मिल जाएँ तो परभात की माँ, मैं इस नरक से उबर जाऊँ। अपने लिए चाहे न भी कर सकूँ, तो भी उन अनाथ बच्चों के लिए तो कर ही सकूँगा। मेरे जीते-जी उनका यह हाल है तो आगे क्या होगा ! ढेले की तरह पड़ा-पड़ा मैं अब अधिक जी ही नहीं सकता।"

"तो मैं क्या करूँ ?" दादी के रुँधे कंठ का भीगा स्वर था, "ये मेरे गहने ले लो। टूटा-फूटा जो कुछ बचा है—वह सब ले लो। अपना इलाज करवा लो। मेरी आँखें लेकर, मेरे परान लेकर भी तुम्हें सुख पहुँचे तो वह भी ले लो ! पर बच्चों की तरह, यों न रोओ। तुम्हारा दुःख अब देखा नहीं जाता।" दादी भी उन्हीं की तरह सिसक-सिसककर रोने लगीं।

"अब क्या देखना है, जिसकी इत्ती लालसा है ? एक पाँव मसान में, दूसरा घर पर। इस बुढ़ापे में भी क्या कहीं आँखें लौटती हैं ! न जाने किसने बहका दिया ! जिसने जो कहा, सब सच मान लेते हैं।" काका ने झिड़ककर कहा।

बाबा सहम गए, लेकिन मन में उधेड़बुन लगी रही।

खर्चे के लिए कहा तो काका ने दाँत दिखला दिए। मँझले काका ने कहा, "औरत का इलाज करवाना पैसे के बिना रुका हुआ है। बाबा की उमर तो पूरी हो गई, लेकिन उस बेचारी ने अभी क्या देखा है ?"

गहने बेचकर, दादी को साथ लेकर एक दिन बाबा घर से निकल पड़े। जाते समय रोष में बोले—"इस घर में अब बिना आँखों के पाँव नहीं धरूँगा, नहीं तो लौटकर ही नहीं आऊँगा।"

बाबा चले गए। उनके बिना हमें सूना-सूना लगता। बाप का अभाव असल में अब अखरने लगा था। आई को कुछ सूझता नहीं था। दिन में ही तारे छिटक आए थे। बाबा लौटकर नहीं आए तो क्या होगा ?

तभी सुना, बाबा बड़ी जिज्जी के घर चले गए।

एक-दो महीने बाद सुना—जीजाजी के साथ बंबई चले गए। जीजाजी ने इलाज का जिम्मा ले लिया है।

फिर सुना, दादी की आँख उन्हें पहना दी गई हैं और बाबा अब फिर पहले की तरह देखने लगे हैं।

बाबा आने वाले थे आज। मैं मन्नू और सोनी को लेकर सुबह ही से बस-अड्डे पर धरना देकर बैठ गई। जो भी बस आती, उसी की ओर लपकती।

दिन ढले बाबा की बस आई।

बाबा धीरे से लाठी के सहारे उतरे।

"बाबा···बाबा···!" कहते हम उनसे लिपट पड़े, जैसे बाबा भागे जा रहे हों।

बाबा ने पहचाना नहीं। आँखें मलते, हाथ से टटोलते हुए बोले, "कौन ? रि···चा ? अरी, तू तो पहचानी नहीं जाती ! अरे, मन्नू···तुझे क्या हुआ ? बीमार पड़ा था क्या ? तेरा तो चेहरा ही बदल गया। कैसे लोफरों जैसे गंदे बाल बना रखे हैं। फटी हुई गंदी निकर ! तेरा काका क्या तुझे दो आने भी नहीं देता ?"

बाबा के खिले चेहरे का उत्साह धीरे-धीरे फीका पड़ने लगा। घर में पाँव धरते ही मानो एकाएक बदल गए। अथाह पानी में डूब गए।

खुली-खुली आँखों से वे सब देखते रहे, जैसे भूल से अनचाही जगह पर आ पड़े हों, जो जीवन में पहले कभी भी देखी न हो।

"बहू, बच्चों के ये क्या हाल कर रखे हैं ? उस अभागे की आत्मा क्या कहती होगी।···अरी, तू तो अपनी सास से भी बूढ़ी हो गई। दो-तीन ही साल में सारे बालों पर सफेदी ?"

आई की आँखें डबडबा आईं।

पर बाबा उसी गति से कहते रहे, "रोज हमारा परभात आता है। कहता कुछ नहीं, केवल 'बाबा' कहकर चुप हो जाता है। परसों सफेद कपड़े पहने, रीता लोटा थामे खड़ा था। कहता था, प्यास लगी है, बाबा ! जल सूख गया है।"

आई की आँखें और जोर से बहने लगीं तो बात की दिशा बदल दी, "घबरा नहीं, बहू ! भगवान् सबकी सुनते हैं। देखना, मेरे परभात की औलाद सबसे अधिक फलेगी-फूलेगी !···दो टुकड़े का अभाव तुम्हें कभी भी न रहेगा।"

"अरे, मेरी चादर दो बरस से बदली नहीं ! कैसे कोयले की तरह काली हो रही है ! क्या मैं इसी सीलन-भरी गंदी जगह में रहता था ! सूँघो तो···सूँघो तो··· सूँघो तो···कैसी भिन-भिन बदबू आ रही है !"

"मन्नू बिलकुल लोफरों जैसा हो गया है। रिचा कहती है—वह पढ़ता नहीं, ताश फेंटता है। बीड़ी सुलगाता है। गुंडा हो गया है—आवारा ! क्या घर में कोई भी इसकी देख-रेख नहीं करता ? किस तरह बिगड़ गया है !"

"रिचा, तू कपड़े बदल, बेटा ! देखती क्या है ? क्या तेरे पास बदलने को और कपड़े नहीं ?"

"बहू, इस फटी जीरन धोती में तू लाज कैसे ढँकती है ? तेरी सास के पास भी क्या ये ही चिथड़े हैं ! तुम सब कैसे गुजारा करते थे आज तक ? क्या मेरे सारे लड़के एक परभात के साथ ही चले गए ?"

बाबा का चेहरा तमतमा आया, "रिचा, कल से मैं फिर काम पर जाऊँगा,

बिट्टो ! तू मुझे लाठी का सहारा देगी—हाँ ! सुबह जरा जल्दी उठ सकेगी ? मेरा कोट निकाल रखना। चाय जरा जल्दी बनाना। जल्दी जगाना।"

बाबा का बूढ़ा दिल सारी दयनीय दशा ने बुरी तरह हिला दिया था। धुँधली आँखें धधकने लगीं—अंगारे की तरह। इतना आवेश, इतना आक्रोश, इतनी गहरी व्यथा का भाव, इतना आतंक—उनकी प्रशांत आकृति में कभी भी झलका नहीं। उनका रोम-रोम जल रहा था।

शाम को काका आए, पर बाबा बोले नहीं।

उस रात उनसे खाना नहीं खाया गया। वैसे ही बिस्तर पर पड़े रहे !

मैं दो-तीन बार दूध लेकर गई। जगाया, पर जागे नहीं। आई ने जगाया। मन्नू ने जगाया, लेकिन बाबा काठ की तरह लेटे छत की ओर ताकते रहे।

अंत में हाथों से रास्ता टटोल-टटोलकर दादी पहुँचीं, "ये बच्चों का-सा क्या करते हो ? खाना ठंडा हो गया। बहू चूल्हे पर बैठी है।"

बाबा ने सुना नहीं। वैसे ही बहके-बहके बोले, "परभात की अम्मा, मेरे होते हुए मेरे परभात के बच्चे अनाथ हो गए !…इन आँखों से क्या यह भी देखना था …सचमुच, तू अंधी हो गई…अच्छा हुआ ! सारा जग बौरा गया, अंधा हो गया है।"

दादी पलकें भींचे रो पड़ीं।

बाबा छत की ओर ताकते रहे।

दूध का गिलास पानी हो गया।

सुबह—लाठी लिए, कोट लिए, जूते लिए बाबा के कमरे की ओर बढ़ी। देखा, बाबा अभी तक सोए हैं।

"बाबा ! बाबा !"

हिले-डुले नहीं बाबा। रिचा कहकर उन्होंने पुकारा नहीं।

बाबा के मुँह से चादर हटाई।

बाबा का शरीर बर्फ की तरह ठंडा था। मुँह खुला हुआ, आँखों की सफेद चमकती पुतलियाँ खुली हुईं। कौन जाने, वह चमक किस चीज की थी ! उसमें उनके कौन-से सपने, कौन-सी आशाएँ, कौन-सी आकांक्षाएँ थीं !…बाबा को यदि आँखें नहीं मिलतीं तो शायद वे इतनी जल्दी हमें यों मझधार में छोड़कर न जाते !

पाषाण-गाथा

नदी पार करने के पश्चात् हलकी-सी चढ़ाई थी और उसके बाद यह दूसरी दुनिया। घने वनों के बीच बिछी हरी चादरें—ओर-छोर का कहीं पता ही न चल पाता।

अभी गरमी आरंभ हुई थी, फिर भी गेहूँ के बित्ते-भर ऊँचे पौधे हवा में लहलहा रहे थे। किसी ने बतलाया—ये नई किस्म के पौधे हैं, इससे ऊँचे नहीं जाते। जितना लंबा डंठल है, उतनी ही लंबी बाली भी लगती है।

उस पार आसमान की ओर उभरी एक नीली धुँधली रेखा साफ दिखलाई दे रही थी—पर्वतों की माला।

सामने कतार में झोंपड़ीनुमा कच्चे घर थे—घास-फूस के। अब याद नहीं, उनकी छतें टीन की चादरों से ढँकी थीं या घास-पयाल से। इतने लंबे वक्फे में तो बहुत-सी बातें यों ही धुँधला जाती हैं।

हाँ, जब हम वहाँ पहुँचे तो अजीब-सा लग रहा था। एक ऊँचा-सा काला शेड दाहिनी तरफ खड़ा था—वर्कशॉप जैसा। काले कपड़े पहने कुछ मजदूर काम पर जुटे थे। कहीं भट्ठी में गरम लोहा तप रहा था। घन की भरपूर चोट से तपते लोहे को निश्चित आकार दिया जा रहा था। कुछ मजदूर लोहे के भारी शहतीर को उठाने का असफल प्रयास कर रहे थे। वहाँ शोरगुल कुछ अधिक था।

धुएँ के साथ-साथ धूल थी। उड़ती हुई रेत इतनी अधिक कि देर तक ठहर पाना कठिन लग रहा था।

तभी सामने अधेड़ उम्र का एक आदमी आया। उसकी घनी मूँछें डरावनी लग रही थीं। भौंह के काले बाल गुच्छे की तरह गुँथे हुए।

"फारम का काम आने वाला अउजार हम अपनेई ठीक कै लेइत हैं।" उसने कहा।

"कब से हैं यहाँ ?" मैंने पूछा।

"तिन साल येहि चैत मा पूरा होई जाई।"

"रहने वाले कहाँ के हैं ?"

"सुलतानपुर कै।"

बगल में खड़े अधिकारी ने मेरे कान के पास मुँह ले जाकर फुसफुसाते हुए कहा—इतने धीमे स्वर में कि सामने खड़ा व्यक्ति न सुन सके। फिर भी पता नहीं, किस तरह वह भाँप गया। बोला, "हमहु भी सजा आफता अहि—मुजरिम⋯"

"किस अपराध में ?"

"दफा तीन सौ दोई—उमर कइद।"

मुझे आघात-सा लगा।

"जुर्म क्या ?"

"क-तल।" उसने बड़े सहज भाव से कहा।

पर मेरा मुँह तनिक खुल-सा आया।

"यहाँ सभी कैदी लगभग ऐसे ही हैं।" अधिकारी ने बतलाया, "अधिकतर दफा तीन सौ दो के हैं—आजन्म कारावास वाले।"

आसपास खड़े अन्य व्यक्तियों को भी उन्होंने इशारे से पास बुलाया।

हत्या ! मार-पीट ! डकैती !

सुबह तड़के जब यहाँ के लिए रवाना हुए, तब कुछ-कुछ सर्दी थी। किंतु इस समय दोपहर की धूप कहीं चुभ-सी रही थी।

समीप ही पेड़ के नीचे धूल से ढँकी, काठ की टूटी हुई दो-तीन पुरानी कुर्सियाँ पड़ी हुई थीं। रूमाल से उन्हें साफ कर किसी तरह बैठ गए।

साथ आए सज्जन चाय की व्यवस्था करने चले गए।

कुछ देर पश्चात् पुलिस अधिकारी के पीछे-पीछे एक नाटा-सा व्यक्ति केतली और लोहे के गिलास थामे, लंबे-लंबे डग भरता चला आ रहा था। उसकी सामने वाली जेब कुछ उभरी हुई थी—बिस्कुट के छोटे पैकेट का ऊपरी हिस्सा साफ दिखलाई दे रहा था।

चाय लाने वाला भी कोई कैदी था, बनाने वाला भी।

पता नहीं चाय क्यों इतनी बेस्वाद लगी। एक अजीब-सी गंध आ रही थी। पानी ही ऐसा होगा, मैंने मान लिया था।

इस खुली जेल के बारे में कुछ विशेष जानकारी हासिल करने के लिए मैं यहाँ आया था। इन विकट अपराधियों को, इस तरह मुक्त भाव से विचरण करते देख, मुझे अजीब-सा लग रहा था—एक विचित्र-सी दहशत। ये भागते नहीं होंगे ? आपस में ही कभी फिर कत्ल !

"अभी आपको कैदियों के फार्म की ओर भी जाना है। गेहूँ की यह फसल इन्हीं कैदियों ने उगाई है। यहाँ पहले बियाबान जंगल था। इन्हीं लोगों ने उसे साफ

किया था।" खाकी कपड़े पहने एक व्यक्ति पास आकर बोला।

कुछ क्षण विश्राम करने के पश्चात् हम फिर आगे बढ़े–खेतों की तरफ।

यहाँ परती धरती तोड़ी जा रही थी। दो-तीन ट्रैक्टर धू-धू करते हुए ढेर सारी धूल एक साथ उड़ा रहे थे। ट्रैक्टरों के पीछे कुछ लोग नंगे पाँव दौड़-से रहे थे–जो भी पत्थर सामने दीखता, उठाकर एक ओर जमा करते चले जाते।

जहाँ ट्रैक्टर चल चुके होते, वहाँ टोलियों में बिखरे लोग घास-फूस इकट्ठी करके जला रहे थे। जगह-जगह घास की ढेरियों के पास धुआँ उठ रहा था। बुआई के लिए खेत यथाशीघ्र समतल हो जाएँ, सब इसी प्रयत्न में जुटे दीख रहे थे।

सिर पर मोटे खद्दर की मैली-सी टोपी, उसी कपड़े की आधी बाँह की बंडी, घुटने तक का वैसा ही पाजामानुमा कच्छा पहने कितने ही लोग यंत्रवत् काम में जुटे थे। अलग-अलग दिशाओं में अनेक टोलियाँ फैली थीं।

घंटों तक पैदल इधर-उधर चलने के पश्चात् अंत में हम उस सिरे पर पहुँचे, जहाँ कैदी मजदूरों ने अपने ही प्रयत्नों से एक नाले का बहाव रोककर, छोटी-सी कृत्रिम झील बना ली थी। बीच पानी में कई पेड़ आधे-आधे डूबे थे। किनारे की लाल कच्ची मिट्टी अभी तक भी गीली थी, जैसे अभी-अभी झील का निर्माण-कार्य समाप्त हुआ हो !

कुछ और आगे बढ़कर अँधेरे जंगल के सिरे पर पहुँचे तो वहाँ गीली जमीन पर शेर के पंजों के जैसे निशान दिखलाई दिए।

"यहीं पर कुछ दिन पहले शेर ने एक कैदी को मार डाला था…" पुलिस अधिकारी ने और आगे न बढ़ने के लिए चेतावनी-सी देते हुए कहा।

जब हम पीछे मुड़ने लगे तो सूरज फिसलता हुआ क्षितिज के समीप पहुँच चुका था।

फार्म की सीमा-रेखा के निकट, एक ऊँचे वृक्ष की शाखाओं पर, हवा में झूलती एक झोंपड़ी-सी अटकी थी–इतनी छोटी कि एक व्यक्ति पाँव फैलाकर सो भी न पाए।

"यह किसलिए… ?"

"रात में पहरेदारी के लिए यह मचान बना रखा है कि कहीं कोई कैदी निकल न भागे।"

"पहरेदारी कौन करता है ?"

"इन्हीं कैदियों में से···"

तभी सामने से गुजरते किसी कैदी को आवाज लगाई तो वह सहमता हुआ खड़ा हो गया।

"आजकल यही पहरेदारी कर रहा है।"

"सारी रात इस जंगल में अकेले बैठे डर नहीं लगता ?"

वह बोला कुछ नहीं—बस, यों ही देखता रहा।

"कभी घर जाने को मन करता है ?"

उसने मात्र सिर हिला दिया।

"अब कितने बरस बाकी हैं ?"

"···"

"यहाँ की जिंदगी बहुत कष्टकर है न ?"

इस बार भी वह काठ-सा देखता रहा।

उसकी उदास आकृति पर राख-सी पुती थी। सूनी आँखें यत्रंवत् खुलीं। घास-सी उगी दाढ़ी के बाल बड़े बेढंगे लग रहे थे।

"कोई कैदी इस खुली जेल से कभी भागता तो नहीं ?" मैं पुलिस अधिकारी से पूछता हूँ—चलते-चलते।

"ऐसे वाकये कम ही होते हैं···"

सूरज ढलने के साथ-साथ सभी कैदी-मजदूर डेरे की दिशा में लौट रहे थे—हारे-थके-से। प्रायः सबके सिरों पर जलाने के लिए एकत्र की गई लंबी-सूखी लकड़ियों का छोटा-सा गट्ठर था। सब बेजान-से लग रहे थे—मशीन की तरह।

पूर्वी क्षेत्र में एक छोटा-सा हिस्सा अभी देखना बाकी था। जल्दी-जल्दी उसे देखकर लौटे तो आसमान पर ढकना-सा लग गया था, काले कंबल का, एकदम घुप्प अँधियारा।

अंग्रेजी के 'एल' के आकार में बनी झोंपड़ियों के आगे खुला-सा बंजर मैदान था—छोटा-सा, जिसमें बीसियों चूल्हे अलग-अलग जल रहे थे। अल्युमिनियम की पिचकी हुई काली पतीलियों पर चावल जैसा कुछ बुद्बुद् करता हुआ उबल रहा था। दिन-भर के श्रम से थके सभी कैदी रात का भोजन बनाने में जुटे थे।

"राशन सरकार देती है ?"

"जी हाँ।"

"पेट भर जाता है ?"

"हाँ।"

एक जवान कैदी की ओर मुड़ता हूँ, "घर से मिलने कभी कोई आता है ?"

"दूर के रिश्ते की एक बुआ थी। साल-छह महीने में कभी खाने-पीने का कुछ सामान बेचारी डाल जाती थी। पर इस वर्ष माघ माह में वह मर गई···" उसका मासूम चेहरा एकाएक उदास हो आया था।

"घर में और कोई नहीं···?"

"न्नाँ···"

उसके चेहरे पर अजीब-सी व्यथा, अजीब-सी विवशता थी। उसे देखकर लगता नहीं कि इससे इतना बड़ा अपराध हुआ होगा, जिसकी ऐसी कठिन सजा भुगत रहा है।

कैदियों की झोंपड़ियाँ भीतर से बैरकनुमा थीं—खुली हुई। नीचे मिट्टी के कच्चे फर्श पर सूखा पयाल बिछा था। उसके ऊपर कोई फटा कंबल या चटाई मात्र। किसी-किसी कैदी के पास छोटा-सा बदरंग बक्सा भी था। कहीं पर जंग लगे टूटे कनस्तर में पिचका हुआ पुराना ताला भी लटक रहा था—शायद घर से भेजी वस्तुएँ सुरक्षित रखने के लिए।

मैं सोचता रहा—वस्तुएँ भी क्या होंगी, इन अनिकेत विस्थापितों के पास ! तन के कपड़े, फटे कंबल, चावल, आटा, बीड़ी, गुड़ ! इनके अलावा और क्या ?

आँगन के दाहिनी तरफ, एक कोने में मूर्ति का जैसा ढाँचा खड़ा था।

"यह मूर्ति किसी कैदी ने बनाई है क्या ?" जिज्ञासा से मैंने पूछा।

"जी हाँ।"

उसी के निकट चूल्हा जल रहा था। एक बूढ़ा कैदी गर्दन झुकाए, ऊँघता हुआ बैठा चावल उबाल रहा था। सैंवार की तरह उलझे बाल ! कोटरों में धँसी निस्तेज आँखें ! झुर्रियों से ढँका चेहरा !

"इसी ने बनाई है···पहले बरेली सेंट्रल जेल में था। सुना है, वहाँ भी ऐसा ही कुछ करता रहता था।" पुलिस अधिकारी ने बतलाया।

हमें पास देखते ही, उसने उठ खड़े होने की कोशिश की। उसकी कमर धनुष की तरह झुकी थी—अधखुली आँखों में जिज्ञासा का जैसा भाव।

"बहुत अच्छी बनाई है।" मूर्ति को मैंने हाथ से छूकर देखा-परखा।

वह संकोच से और छोटा हो आया—सिकुड़कर। मेरी ओर देखता हुआ बोला, "यों ही कुछ···अब आँख से बहुत कम देखता हूँ। हाथों में भी जान नहीं रही।"

"यहाँ कैसे आ पड़े···?"

कुछ देर वह वैसा ही देखता रहा—निर्निमेष। फिर धीरे से बुदबुदाता हुआ बोला, "हत्या और बलात्कार का जुरम लगा है साब···!"

अब आग के और निकट होने के कारण उसका सूखे खजूर-सा चेहरा और भी पीला लग रहा था। मकड़ी के जाले जैसी अनगिनत रेखाओं से ढँकी आकृति पर एक साथ कितने ही भाव आ-जा रहे थे—पानी पर डोलते प्रतिबिंब की तरह।

"कैसे हो पड़ा यह सब···?"

"किस्मत में यही लिखा था, हुजूर ! उसकी लिखी को कौन टाल सकता है ?"

ठंडी हवा से उसके तन पर लटके चिथड़े ही नहीं, उसका बूढ़ा सारा शरीर सूखे पत्ते की तरह काँप रहा था। अपनी कुहनियों की बगल में दोनों नंगे हाथों को, सर्दी से बचाने के लिए, छिपाने का असफल प्रयास कर रहा था।

"कैदियों के साथ इतनी लंबी उम्र गुजारने के बाद मैं इस नतीजे पर पहुँचा हूँ कि कोई भी आदमी 'बेसिकली' बुरा नहीं होता। आवेश के किसी क्षण में कभी-कभी कुछ का कुछ हो जाता है।" पुलिस अधिकारी ने दार्शनिक अंदाज में कहा।

हम लोग थोड़ी देर यों ही खड़े रहे। एक-एक पल भारी लग रहा था—एकदम बोझिल। चूल्हे की धुँधली आग के उजाले में मूर्ति का ढाँचा और भी साफ दीख रहा था।

भारी मन से हम लौटने लगे। अभी कुछ ही कदम अँधेरे में रास्ता टटोलते हुए आगे बढ़े तो पीछे से किसी के आने की आहट हुई।

मुड़कर देखा—वह फिर सामने खड़ा था—तनिक हाँफता हुआ।

"आपका मफलर रह गया था। जमीन पर गिरा था।" उसने मफलर मेरी ओर बढ़ाते हुए कहा।

जब मैं मूर्ति को टटोल रहा था, तब कंधे पर से शायद नीचे गिर पड़ा हो।

"आप ही रख लीजिए।" मैंने पता नहीं क्या सोचकर कहा।

"नहीं-नहीं।" वह और सकुचा गया।

"अरे, भाई, हम कह रहे हैं। रख भी लीजिए। क्या फर्क पड़ता है !"

मैंने मफलर उसके हाथ में दिया, तो वह ठगा-सा खड़ा देखता रहा।

"आप और भी अच्छी-अच्छी मूर्तियाँ बनाएँ, हमारी शुभकामनाएँ हैं···"

मफलर अभी तक भी उसके हाथ में यों ही धरा था।

कुछ सोचता हुआ वह बोला, "मैंने कुछ और भी मूर्तियाँ बनाई हैं—मिट्टी की। दिन की रोशनी में आप आते तो दिखलाता। आपके चेहरे के भावों से लगता है,

आप कला के अच्छे पारखी हैं···" कहते-कहते वह सहसा चुप हो आया। फिर तनिक रुककर बोला—"आपको भी यही लगता है कि मैंने हत्या की है ?"

"···"

उस अंधकार में मैं महसूस कर रहा था, वह अपलक मेरी ही ओर देख रहा है।

"किसी से कहिएगा तो नहीं···" वह मुझे पुलिस अधिकारी से कुछ दूर एकांत में ले जाता हुआ बोला, "यह भूल···यह भूल मुझसे नहीं, मेरे बेटे से हुई थी। भरी जवानी में उसे फाँसी के तख्ते पर झूलते या उमर कैद की सजा काटते मैं कैसे देख सकता था ? इसलिए जुर्म मैंने खुद ओढ़ लिया।···यों मुझे अब जीना ही कितना है—हद से हद साल-छह महीने, बस···!" उसका स्वर भारी हो आया।

"बच्चे कभी मिलने आते हैं ?" मैंने असह्य मौन तोड़ते हुए कहा।

वह कुछ भी न बोल पाया—प्रत्युत्तर में।

"चिट्ठी-पत्री आती है···?"

"न्नाँ···" कहीं खोया-खोया-सा वह बोला, "कौन लिखेगा मुझे चिट्ठी···सब मुझसे घृणा करते हैं। यही समझते हैं कि यह सब बुढ़ापे में मैंने ही किया। सगे-संबंधी कतराते हैं। पत्नी मेरा मुँह तक नहीं देखना चाहती···जिस बेटे के लिए मैंने यह सब किया, वह मुझे कब का मरा मान चुका है···ये सारे कैदी, जिनकी चादरें मुझसे भी अधिक मैली हैं, मुझ पर थूकते हैं···। किंतु मुझे इस सबसे दुःख नहीं होता। मेरे बच्चे सुख से रह रहे हैं—इससे अधिक मुझे और क्या चाहिए ?"

उसकी आवाज भीग आई थी। किंतु वह अपनी रौ में बोलता रहा, "यहाँ मजदूरी से मुझे साढ़े चार रुपए रोज मिलते हैं। अब तक मेरे खाते में जितने भी रुपए जमा हैं, सब मैंने उनके नाम करवा दिए हैं। मेरे मरने के बाद उन्हें अच्छी रकम मिल जाएगी···बहुत अच्छी···" उसकी लड़खड़ाती आवाज में कहीं अपरिमित संतोष का-सा भाव उभर रहा था। इससे अधिक वह कुछ बोल न पाया।

उस सघन अंधकार में धूल उड़ाती हुई हमारी जीप जब लौटने लगी, तब मैंने सहसा मुड़कर देखा—वह वैसा ही पाषाणवत् खड़ा था।

जड़ें

बार-बार मन उड़कर वहीं-वहीं क्यों जाता है ? वे सारे दृश्य क्यों बार-बार उभरकर सामने आते हैं—देवदार की हरी-भरी सूई जैसी नुकीली पत्तियाँ, कहीं-कहीं टहनियों के बीच में छिपे हरे-नीले फल ! उस पार बर्फ से ढकी शुभ्र शृंखलाएँ, बैनर की तरह दूर तक तनी हुईं, फिर नीली-नीली धुँधली घाटियाँ। धुँधले पहाड़—क्षितिज को छूते। एक अंतहीन दूरी।

पर वही दूरी कभी-कभी कितनी निकटता का अहसास जगाती है और लगने लगता है, जैसे इन पहाड़ों को लपककर छूना कितना आसान है। हाथ बढ़ाया और छू लिया !

पाँव बढ़ाते ही लगता है, जैसे नीचे ठीक तलहटी पर ही पाँव टिकेगा।

चारों ओर बाँज, बुरौंज की छितरी चादरें, बमोर के, लीची के आकार के लाल-लाल फलों से लदी टहनियाँ। जंगली भालू अकसर बमोर खाने आते ! बचपन में हम कितना डरते थे, भालू से ! सुना था, भालू बच्चों के मुँह पपोड़ जाते हैं।

लगता ही नहीं कि इतना लंबा अंतराल पार करके यहाँ आया हूँ। तीसरा पहर है, फिर भी लगता है, जैसे कल की जैसी घटनाएँ हों।

हाँ, गोबर-मिट्टी से लिपे इस आँगन पर हम, खुबानी की गुठलियों से 'जुट्टी' खेला करते थे। कुछ बड़े होकर मिट्टी की गोलियों के कंचे। आँगन की सीमा के पार किनमोड़े की कँटीली, घनी झाड़ियाँ। किनमोड़े के छोटे-छोटे जामुनी फल जब बीन-बीनकर खाते तो सारी जीभ ही नहीं, होंठ भी जामुनी हो जाते थे। कभी-कभी घिंगारू के रत्ती जैसे लाल-लाल फल···सेब का-सा स्वाद लिए।

लगता है, कुछ-कुछ बदल गया है अब ! नहीं, नहीं, सब कुछ !

पर मन बार-बार धुँधलके में से कुछ खोजने के लिए नन्हे बच्चे की तरह क्यों मचल रहा है ?

पेड़ अब भी हरे ही उगते हैं यहाँ। धीरे-धीरे सूखते खोलों, जलाशयों और नदियों में अब भी जल ही जल प्रवाहित होता है। आसमान अब भी वैसा ही नीला दीखता है। फिर सब कुछ वैसा ही होते हुए भी, वैसा ही क्यों नहीं लगता ?

आँखें सच-सच क्यों नहीं देख रही हैं सब ?

क्यों भ्रम होता है, कभी-कभी कि अब वृक्ष नहीं, वृक्षों के प्रतिबिंब मात्र रह गए हैं ये ? मात्र हरे साए। नदियाँ और पहाड़ भी सचमुच के पहाड़ नहीं, सिनेमा के पर्दे पर उभरते मात्र दृश्य भर हैं।

वृक्षों को मैं छू-छूकर देखता हूँ, तो सिहरन-सी होती है। यह नदी, लावारिस-सी पड़ी नीली चादर कब बन गई ? ये पहाड़, इनमें स्पंदन क्यों नहीं लग रहा मुझे ? क्यों ये जड़ हो गए हैं ?

अपने खेतों की मेड़ पर खड़ा होकर मैं अतीत ही नहीं, कहीं वर्तमान में समाया भविष्य भी देख रहा हूँ। डूबते सूरज के साए में शुभ्र बर्फीली चोटियों पर धधकते आग के साए !

कहीं मैं भी झुलस रहा हूँ···

"अरे, कब आए प्रवाल ?"

"अभी।"

"इत्ते साल बाद ?"

प्रत्युत्तर में मुझे कुछ तो कहना चाहिए था, पर कह नहीं पाता, केवल सामने चुप देखता रहता हूँ—

"प्रवाल, यह घर चंदरा का है···जानते हो न चंदरा को ?"

चंदरा बचपन में हमारे साथ खेलता था। मैं 'चन्ना' कहकर पुकारता था उसे। हमारे दर्जी रूपराम का बेटा था।

"अरे, याद है तुम्हें, उसकी पहली पत्नी बनबसा मंडी में किसी हज्जाम के साथ भाग गई थी—गैर जात में···पिता तो पहले ही गुजर गए थे ! बूढ़ी माँ ने किसी तरह उसकी दूसरी शादी कर दी, पर वहाँ भी सुख कहाँ ? नसीब में ही दुःख लिखाकर लाया तो फिर होता भी क्या ! क्षय रोग ने ऐसा घेरा कि कहीं का भी नहीं रहा···बर्तन-भाँड़े सब बिक गए। दाने-दाने के लिए मोहताज हो गया ! तीन-तीन छाक तक भी कुछ नहीं···उधर बच्चों की रार अलग। एक दिन कुछ न सूझा तो स्वयं ही फूस की झोंपड़िया में दियासलाई दिखला दी। खुद तो पगला मरा-मरा ही, बच्चे-पत्नी सबको भी राख कर गया। यह मेंड़ जहाँ तुम खड़े हो, उसी के ठीक सामने थी उसकी झोंपड़ी···इसी को कहते हैं यार, चंडी चढ़ना !"

तो चन्ना भी चला गया !

मेरा मन मानता नहीं।

मैं उन दिनों के बारे में सोचता हूँ, जब चन्ना शेर और लँगड़े हिरन की कहानी सुनाता···!

खेत दर खेत। खेतों की मेड़ों पर चरती छोटी-छोटी चुलबुली बकरियाँ। मिमियाते मेमने। दूधिया खरगोशों की तरह उछल-कूद करते।

"सच को कभी सच नहीं कहना प्रवाल, नहीं तो मुफ्त में मारे जाओगे⋯" बूढ़े ताऊ जी नारियल की स्याह चिलम पर सोस देते हुए कहते थे। मेरे ग्रामीण-सुलभ स्वभाव के कारण वे सदैव चिंतित रहते थे।

पर मेरा दुर्भाग्य कि मैं हमेशा सच को सच ही कहता रहा। शायद इसीलिए उम्र-भर यों अँधेरी घाटियों में भटकने के लिए विवश रहा⋯

अपने को संतोष देने के लिए कभी-कभी सोचता हूँ, जिन्होंने सच को सच नहीं माना कभी, उन्होंने ही कौन-सा पहाड़ उठा लिया !

संसार का गणित दो और दो का नहीं, कुछ और ही होता है शायद। कभी-कभी वहाँ बादल भी डूब जाते हैं, और कभी-कभी पहाड़ भी तैरने लगते हैं⋯काठ के सूखे टुकड़ों की तरह।

ताऊ जी जीवन-भर जिस सच से इतना डरते रहे, आज जीवन की इस संध्या में, जिस सच को जी रहे हैं, उसे देखने मात्र से रोंगटे खड़े हो जाते हैं।

अस्सी वर्ष की अवस्था !

अपंग देह !

अंधी आँखें !

एक विधवा बहू !

एक अनाथ पोता, जिसके दूध के दाँत भी अभी टूटे नहीं।

बेटा, इकलौता बेटा। फौज में आतंकवादियों से मुठभेड़ में कहीं मारा गया ! वीरगति को प्राप्त हो गया !

उस सपूत के घर की कौन-सी गति है, इसे देखने वाला कौन है ?

ताऊ जी एकांत में रोते रहते हैं।

कहते हैं, सरकार की ओर से जो सहायता मिली थी, वह सब सरकारी मुलाजिम और निकट के सगे-संबंधी हजम कर गए। सिलाई की मशीन कर्ज वाले उठा ले गए। पेंशन की रकम कब तक मिलेगी, कौन जाने ?

भरी दोपहरी में इत्ता अँधियारा !

"ताऊ जी, पहचान रहे हैं, मैं कौन हूँ ?" मैं उनके चरण छूता हुआ कहता हूँ तो प्रत्युत्तर में एक दर्द-भरी कराह के अतिरिक्त और कुछ भी सुनाई नहीं देता।

बार-बार पूछने पर केवल इतना ही सुन पाता हूँ—"अरे, कौन नंदू ! हमारा नंदाबल्लभ !"

कौन समझाए उन्हें कि नंदाबल्लभ लाम से अब कभी भी लौटकर नहीं आएगा !

"नंदा ! अरे, बोलता क्यों नहीं रे···?"

उस धुँधलके में भी उनके बूढ़े चेहरे पर खिंची आह्लाद की उजली रेखाएँ मैं स्पष्ट देख रहा हूँ।

"ला, अपना हाथ ! देखूँ, तू कितना बड़ा हो गया है !"

मैं न चाहते हुए भी अपना ठंडा हाथ आगे बढ़ा देता हूँ।

सामने बैठी विधवा भाभी सिसक पड़ती हैं, जोर से।

इस दारुण स्थिति को अधिक देर तक झेल पाने में मैं अपने को असमर्थ पाता हूँ। झटके से भाग खड़ा होता हूँ।

सत्य को इस तरह दम तोड़ते आज मैं पहली बार देख रहा हूँ।

सामने की चौरस जमीन !

पत्थर की कुछ दीवारें हौले-हौले ऊपर उभर रही हैं। बिखरे, बेडौल पत्थरों का अंबार लगा है। मिट्टी-गारे के ऊपर पानी तैर रहा है—चीड़ के सूखे तिनकों के साथ-साथ !

"अरे, नर'दा, यह जमीन तो हमारी थी हो···! इसमें मकान कौन बना रहा है ?" मेरे मुँह से निकल पड़ता है।

"अरे भई, मयैं···!"

"मैं···!" विस्मय से देखता हूँ।

"अरे, ऐसे देख क्या रहे हो भैया !" बड़ी उपेक्षा से वे मेरी ओर देखते हैं, "मकान ही तो बना रहा हूँ न, कहीं कंधे पर तो उठाकर नहीं ले जा रहा हूँ जमीन !"

"···"

वे उसी तरह लापरवाही से कहते हैं, "अरे, यार, इतने वर्षों से बंजर पड़ी थी। पास-पड़ोस के लोग लावारिस समझकर कूड़ा-कचरा फेंक रहे थे। गंदगी का ढेर। भिन-भिन बदबू आती थी···हमसे देखा नहीं जा रहा था···उस पर मल्ले घर सोबन सिंह खुद हथियाने की फिराक में था। हमारी जमीन में कोई और कब्जा करे, हमारे जीते जी ! बच्चों ने कहा—हम ही दो पत्थर डाल देते हैं। अपनी जगह घिर जाएगी। कका लोग तो अब परदेश के वासी हो गए हैं। पीछे मुड़कर भी देखने की उन्हें

फुर्सत कहाँ !…कभी गर्मियों में भूले-भटके पहाड़ आएँगे तो जगह की तंगी नहीं रहेगी…!"

इस तर्क के आगे भी क्या कुछ कहा जा सकता है ?

चुप हो जाता हूँ !

तभी सहसा जैसे कुछ याद आता है। किंचित् सोचते हुए कहता हूँ, "अरे, एक अक्षर चिट्ठी लिखकर पूछ तो लेते ! हम कोई मर तो नहीं गए थे…!"

"छिः-छिः ! इतना पढ़-लिखकर यह क्या बात कर दी यार तूने !" वह जैसे हिकारत-भरी नजरों से देखते हैं, "अरे, यार, मरें हमारे दुश्मन ! इस बेत-भर जमीन के चिथड़े के लिए उत्ती दूर दिल्ली तुम्हें चिट्ठी लिखते ! हमारा चनियाँ कह तो रहा था कि चाचाजी को चिट्ठी लिख भेज देते हैं, इस पर तुम्हारी भाभी ने तुनककर कहा—इत्ती छोटी बात के लिए वहाँ चिट्ठी भेजोगे ? लोग सुनेंगे तो क्या कहेंगे… हम कोई पराए हैं ? उनकी जमीन में जोड़ ही रहे हैं, कुछ उठाकर तो नहीं ले जा रहे !"

हाँ, ठीक ही तो कह रहे हैं नर'दा ! हमारे परम पूज्य बड़े ताऊ जी के सुपुत्र ! जमीन कोई उठाकर न ले जाए, इस डर से पत्थरों से उसे दबा रहे हैं—चारदीवारी खड़ी करके !

अपने पर ही कहीं ग्लानि होने लगती है मुझे ! इस छोटी-सी बात के लिए इतना बखेड़ा !

वर्षों पहले अपने घर का हिस्सा किन्हीं को देख-रेख के लिए दे गए थे। अपने हैं ! सँभाल रखेंगे, यही सोचकर।

वहाँ पहुँचता हूँ तो मकान पहचानने में नहीं आता। बदरंग दीवारों का पलस्तर उखड़ गया है। दरवाजों के चौखट झूलने को हो आए हैं। धुएँ से कमरे स्याह काले हो गए हैं !

"यह कैसी दशा बना रखी है हो…?" उन सज्जन की ओर देखकर कहता हूँ, तो वे सहज भाव से, शालीनता से कहते हैं, "हाई इसकूल खुल गया है न ऊपर ! बाहर के गाँवों से जो बच्चे यहाँ पढ़ने आते हैं, वे बेचारे कहाँ रहेंगे, यह सब सोचकर उन्हें ठौर दे दी है। गरीब बच्चों का भविष्य बन जाएगा। आपको दुआएँ देंगे। परमेस्सर ने आपको इत्ता सारा दिया है ! एक पुराने टूटे-फूटे मकान का एक हिस्सा न भी सही, तो क्या फर्क पड़ता है ?"

उन्हें कैसे समझाऊँ कि यह मात्र पत्थर, लकड़ी का ढाँचा नहीं, हमारे लिए कुछ और भी है !

मैं जानता हूँ, उनकी समझ में कुछ आएगा नहीं। अतः यों ही खिसियाता हुआ मुस्कराकर चुप हो जाता हूँ।

कुछ ही देर बाद चाय के खोखे वाला हयात सिंह बतला जाता है कि चचा बीस-पच्चीस रुपए हर विद्यार्थी से वसूल कर, अपना धंधा चला रहे हैं !

घर की दूसरी तरफ, सड़क वाले दरवाजे की ओर भी देखने से अपने को रोक नहीं पाता। बचपन में मैं यहीं खेलता था। आँगन, बरामदा, काठ की एक छोटी-सी कोठरी…

मेरी आँखें खुली की खुली रह जाती हैं, जब वहाँ किसी की गाय बँधी देखता हूँ ! यहाँ अम्मा सोती थीं। यह कमरा उनका अपना था…

जब से आया हूँ, छोटे कका के बेटे, यानी हमारे मनोरथ'दा आवभगत में सबसे आगे हैं। मेरे इस विरोध के बावजूद कि मुझे डॉक्टरों ने तली हुई चीजें खाने के लिए मना किया है, भाभी से जबरदस्ती पूरियाँ तलवाते हैं !

"अरे, यार, तू कब-कब आता है यहाँ ! तुम्हें तो देखने के लिए आँखें तरस जाती हैं। हमें भी कितनी खुशी होती है, यह देख-देखकर कि हमारे हाथ लखनऊ-दिल्ली तक हैं…! यों पेट तो साला कुत्ता भी भर लेता है, परंतु यार…!"

दिन में अवकाश देखकर मनोरथ'दा अजनबी जानवरों की तरह मुझे इस गाँवनुमा कस्बे के घर-घर ले जाकर घुमाते हैं।

"यह हमारा भाई परवाल है—तल्ले घरवाले श्यामदत्त कका का इकलौता बेटा। पच्चीस-तीस साल से दिल्ली शहर में है। वर्षों बाद अपने पुरखों का घर देखने आया है।"

उनके इतना सारा परिचय देने के पश्चात् भी लोग तनिक अचरज से, मुझ अजनबी से लगने वाले आगंतुक का मुँह ताकने लगते हैं। परिचय का कहीं हलका-सा अहसास ! कहीं वह भी नहीं।

हाँ, कुछ वयोवृद्ध अवश्य आतुरता से मिलते हैं, "हँ हो घनानंद, यही है हमारे श्याम का बेटा…!"

फिर मेरी ओर विस्मय से अपनी खुली धुँधली आँखें घुमाते हैं, "अरे, भाऊ, तू इत्ता बड़ा हो गया ! तुझे तो यार हम गोदी में खिलाया करते थे…कभी-कभी

इधर आया करो। तुम्हारे बुजुर्गों की ये यादें हैं। आदमी चाहे कहीं भी रहे, दस पुस्त बाद भी अपने गाँव लौटता है। अपना घर, अपना घर होता है यार !"

पास बैठे, चिलम गुड़गुड़ाते, उन्हीं के हमउम्र दूसरे वृद्ध मेरे पास आ खड़े होते हैं, "जब तू पैदा हुआ था, तेरे बाबा ने पूरे परात-भर गुड़ बाँटा था···यह जो तुम्हारा दुमंजला मकान है न, जिसमें आजकल जोगिया सुनार रह रहा है, इसके लिए भराने की लकड़ी जोकने में यार मैं भी लगा था···" उनका पोला मुँह प्रसन्नता से खिल उठता है, "अब तू आ गया है, ओड़-मिस्तरी लगाकर इसकी कुछ मरम्मत करवा जा यार ! हमारे श्यामदत्त दाज्यू ने इसे कितने शौक से बनवाया था !" अतीत की धुँधली स्मृतियों से उनकी आँखें भर आती हैं।

मोहन'का पकड़कर अपने घर ले जाते हैं।

"हँ ओ, किशोरी की इजा, देख, ये कौन आया है ?"

एक वृद्धा-सी संकोच से गठरी की तरह सिमटी बाहर बरामदे में आती हैं।

"यह हमारा प्रवाल है, तल्ले घर श्याम'दा का बेटा···! अरे, पहचान नहीं रही है !" वे फिर मेरी ओर देखते हैं, "यार, क्या बताएँ···तुम्हारी काकी न सुन पाती हैं, न देख सकती हैं ! आँखों में पता नहीं क्या हो गया है···! सब अपनी-अपनी किस्मत है हो ! ऊपर से लिखाकर नहीं लाए तो यहाँ क्या होने वाला ठैरा···!"

फटा-सा पुराना कंबल बिछाकर वे प्यार से बिठलाते हैं। बतलाते हैं कि "हमारे तलाऊ खेत चकबंदी के समय शिरोमनी'का ने पटवारी और अमीन से मिलकर अपने नाम लिखवा लिए हैं। गौशाला वाली जमीन हम सबकी पहले से ही संजायत थी, उस पर भी सुना है···पटवारी से मिलकर···कागजात देख जा यार ! यहाँ तो सब सालों ने लूट मचा रखी है। जिसके हाथ जो आया, उसने वही दाब लिया है···"

उनकी इस अतिरिक्त आत्मीयता के भार से मैं दब-सा जाता हूँ, द्रवित होने के साथ-साथ।

चलते समय वे मेरे और पास आते हैं, "अपनी काकी से मिल जा यार ! बाद में फिर मुझसे झगड़ेगी।"

काकी के पाँवों की ओर झुकता हूँ।

"परवाल, तुम्हारे अलावा हमारा है ही कौन, जिससे वक्त-बेवक्त कुछ कह सकें, यहाँ तो डॉक्टरों ने जवाब दे दिया है हो ! तू कहे तो दिल्ली भेज दें ! वहीं

एक बार पक्का इलाज करवा देता तो घर-आँगन का कामकाज करने लायक हो जाती। हाथ-पाँव तो अभी चलते ही हैं...." वह मेरे और समीप आकर, कान के पास मुँह ले आते हैं, "किसी से कहना नहीं ! हमारी बड़ी बहू का व्यवहार इसके लिए कठोर है।"

रात को ठहरने की व्यवस्था मनोरथ'दा अपनी परचून की दुकान में करते हैं।

मेरे दिवंगत पिताश्री का विह्वल होकर बार-बार स्मरण करते हैं, "उनके जाते ही यार, हमारा सारा परिवार ही अनाथ हो गया ! वे होते तो हम कफरौली वाले पंडितों का यह हाल न होता। हम सब इस तरह लावारिस न होते। हमारी सारी आड़-अधार ही खतम हो गई।"

रात का भोजन वे भाभी को न परोसने देकर खुद परोसते हैं। उन्हें इस बात का बड़ा क्लेश है कि हमारा इतना बड़ा परिवार सब तितर-बितर हो गया है।

"देखो, हमारे पुरखों के मकान की यह कैसी दुर्गति हो गई ! लोगों की बातें सुनकर दिल दरक जाता है। जंगले गिरने को हैं। काठ की सीढ़ियाँ झूलने लगी हैं। दीवारों में जगह-जगह दरारें हैं। पत्थर निकलने लगे हैं...ऐसी ही हालत खेतों की है, जिसकी जहाँ बन आई, उसने वहीं दबा ली है। दस दुसमन हैं यार ! मुँह छिपाकर हँसते हैं...."

मैं चुपचाप सुनता रहता हूँ। कुछ प्रतिक्रिया व्यक्त करूँ, वे इसका अवसर ही नहीं देना चाहते। मैं जानता हूँ, इस लंबी भूमिका के बाद अब वे क्या कहेंगे !

कुछ क्षण पश्चात् सचमुच वे वही कहने लगते हैं तो मैं मात्र मुस्करा देता हूँ।

"परवाल !" वे बीड़ी का लंबा कश खींचते हैं, "तुम तो हमारे कका की तरह बहुधंधी हो, इत्ते बरस बाद आए हो पहाड़ ! घर की देख-रेख करने वाला कोई है नहीं। यों ही सब टूट-फूटकर खँडहर हुआ जा रहा है...!"

'तो' की मुद्रा में मैं उनकी ओर देखता हूँ।

"यार, जब कोई सँभालने वाला ही नहीं है तो फिर किसी अपने के हाथों बेचकर छुट्टी करो। दो-चार पैसे जो मिलेंगे, तुम्हारे काम आ जाएँगे। यहाँ तो सब भालू के खाए में चले जाएँगे।" वे किंचित् चिंतित स्वर में कहते हैं।

मेरी समझ में नहीं आता, वे 'अपने' कौन हो सकते हैं ! फिर भी यों ही पूछ लेता हूँ तो वे उत्तर देते हैं, "पल्ले घर चिंत'दा से पूछ लो। टीकाराम, खिलानंद से सलाह ले लो, मेरी तो पिछले चैत से उनसे बोलचाल बंद है।

"घर की जायदाद घर में रह जाएगी। बुजुर्ग कह गए हैं, थैली का गुड़ थैली में ही फूटना चाहिए।" वे क्षण-भर का सन्नाटा तोड़ते हुए, इस तरह कहते हैं, जैसे स्वयं को सुना रहे हों, "कोई नहीं लेता तो मैं तैयार हूँ। तुम्हारी भाभी तो कब से कह रही है। हमारे पड़ोस का मकान है। खेत से लगे खेत हैं। औरों की जमीन खरीदने से अच्छा है, अपनी ही खरीद लें। इस बार आए हो तो कम से कम इतना काम तो कर ही जाओ। कल-परसों ही चंपावत चलकर रजिस्ट्री करा लेते हैं। एक झंझट छूटेगा…"

मेरी समझ में सब कुछ आकर भी, कुछ नहीं आता। इन्हें कैसे समझाऊँ कि घर मात्र पत्थर-कंकड़ का ढेर नहीं, कुछ और भी होता है। ये खेत केवल मिट्टी की चादरें नहीं, इनमें अनाज की फसलें ही नहीं, पितरों की स्मृतियाँ भी फलती-फूलती हैं। ये घर उनकी पवित्र अस्थियाँ हैं–इन्हें बेचने की कोई कल्पना भी कैसे कर सकता है !

ये लोग किस मनोवृत्ति के हैं !

मेरा मन उदास हो जाता है।

लौटते समय बार-बार मुड़कर देखता हूँ। फिर…फिर उन खेतों-खलिहानों को, अपनेपन का जिनसे एक अटूट, अनजान रिश्ता है–

वे टूटे-फूटे छितरे खेत, जिनमें फसल लहलहा रही है…लगता है, जैसे अपने अनगिनत नन्हे हाथ हिला-हिलाकर मुझे विदा दे रहे हैं। वह हमारा वीरान-सा घर, जीवंत स्मृतियों का क्षतिग्रस्त पिरामिड ! पंख फड़फड़ाते कई पक्षियों ने जिनकी अँधेरी खोहों में अपने स्थायी घर बना लिए हैं। प्रेतात्माओं की तरह कई जीवित आत्माएँ आज भी निवास करती हैं वहाँ, जो अपनी हैं, नितांत अपनी !

अगला यथार्थ

कितना कुछ नहीं था मन में, यहाँ आते समय ? कितने भाव, कितने विचार ! जो संतोष के साथ-साथ कहीं गहरे संताप के भी कारण थे—जिंदगी-भर नासूर की तरह रिसते हुए···

पर यहाँ आकर वह एक तरह से गूँगा-सा क्यों हो गया है ?

अचरज-भरी निगाहों से वह चारों ओर देखता है—हर रोज उमड़ते-घुमड़ते काले घने बादलों को ! चारों दिशाओं में बिखरे जल, जल ही जल को। अब तक शायद ही कोई ऐसा दिन बीता हो, जब बादल न घिरे हों, न गरजे हों, न बरसे हों। थोड़ी-सी झड़ी के बाद फिर एकाएक साफ आसमान। धुली धरती। ठीक सिर पर टकराती चुभती हुई उजली धूप।

अथाह पानी में तैरती-सी हरियाली की हरी-हरी क्यारियाँ। दूर-दूर तक छिटके छोटे-छोटे द्वीप। सामने वाला रॉस तो ऐसा लगता, जैसे हाथ बढ़ाकर छू लेगा···

वह घंटों विस्फारित नेत्रों से इन्हें निहारता, न जाने क्या-क्या सोचता रहता है ! परछाइयों की तरह कई आकृतियाँ उभरती-मिटती हैं। स्याह-सफेद, कई-कई चित्र !

निर्जन-से इन द्वीपों से उसे अजनबीपन के साथ-साथ, कहीं अपनेपन का कोई अदृश्य रिश्ता-सा भी लगता है। धरती के कण-कण से एक अव्यक्त गहरा आत्मभाव।

एक लंबी निःश्वास के साथ, वह आँखें मूँद लेता है।

सच, तब कितना भयानक होगा यहाँ का वातावरण। कल रात देर तक वह उस जेट्टी के पास खड़ा रहा, जहाँ कलकत्ता से आने वाले जलपोत रुका करते थे। कभी ऐसे ही एक जहाज से···एक दिन···ऐसे ही···

जब तक दादी जिंदा थीं, बहकी-बहकी-सी कितनी बातें बतलाया करती थीं, जैसे आँखों देखा हाल सुना रही हों। कालापानी में आकाश को छूते भयानक जंगल होते हैं रे ! जंगल ही जंगल। साँपों, बिच्छुओं, जहरीले कीड़े-मकोड़ों से भरे, जिनके काटे का आदमी पानी तक नहीं माँगता···वनों में खूँखार वन-मानुस। तीर-भाले

चलाते हैं। आदमियों को भूनकर खा जाते हैं। बिछौने पर, छतों की शहतीरों पर रस्सी की तरह साँप सरकते रहते हैं। धूल के कणों की तरह बारीक सफेद चींटियाँ देखते-देखते हाथी भी हजम कर जाती हैं...

अनपढ़ दादी को, जो जिंदगी-भर अपने गाँव से बाहर नहीं गईं, ये रोमांचक रहस्यपूर्ण बातें कहाँ से मालूम पड़ीं, पता नहीं। कहते हैं, पास के गाँव का एक लड़का कभी भागकर कलकत्ता गया था। वहाँ पुलिस में भर्ती हो गया था। कैदियों को लाने-ले जाने के काम से दो-तीन बार कालापानी तक हो आया था। हो सकता है, लौटकर उसी ने सुनाई हों ये बातें।

दादी कभी-कभी स्वयं से बड़बड़ातीं, "नाश हो इनका ! कहते हैं ये राकस गोरे, कैदियों की नंगी पीठों पर चाबुक मारते हैं। खाल उधेड़ देते हैं। शरीर लहू-लुहान हो जाता है।...दिन-रात बरखा-घाम में भी काम, काम ही काम, पर खाने को दो रूखी रोटियाँ तक नहीं...तेरे दादाजी से तो भूख कतई बर्दाश्त नहीं होती थी, फिर वहाँ कैसे रह पाते होंगे, रे !" दादी उड़ी-उड़ी-सी आसमान की ओर ताकने लगतीं, "कहते हैं राकस टाट के चीथड़े पहनने को देते हैं। बीमार होने पर दवा नहीं, मरने पर दो लकड़ियाँ...हाथ-भर कफन तक नहीं...तेरे दादाजी उस सर्दी में कैसे रहते होंगे...?" दादी फटकर रो पड़तीं तो उसे समझाते, "वहाँ सर्दी नहीं पड़ती दादी, बारहों मंहीने खूब गरमी रहती है।"

पर उस सारे दिन वह अपनी फटी धोती की चाल से आँखें पोंछती रहतीं।

अपने पूजा के देवताओं के पास रखे दादाजी के एक धुँधले-से चित्र पर रोज फूल चढ़ातीं। अक्षत बिखेरतीं। जब तक जिंदा रहीं, उनका यही नेम-नियम रहा।

"हरकिसन, कोई चिट्ठी-पतरी नहीं आई...?" वह सहसा कुछ याद आने पर कहतीं, "कहते हैं, बरस-भर में एक ही चिट्ठी भेजने देते हैं। एक ही पाने। कौन जाने डाकखाने की गड़बड़ में कहीं इधर-उधर न हो गई हो !"

पिताजी चुप लगा जाते। क्या उत्तर दें, उन्हें कुछ सूझता न था।

दादी के प्राण दादाजी में बसते थे।

कहते हैं—दादाजी जब ऊन और घोड़ों का व्यापार करने जोलजीबी की तरफ भोट-तिब्बत की सरहद तक जाते, तब दादी का सारा ध्यान ऊनी कंबलों, थुलमों, भोटिया घोड़ों की खरीद-फरोख्त तक सीमित रहता। दिन-रात वह ऊन और घोड़ों की बातें करतीं, पर बाद में दादाजी के क्रांतिकारी बनने पर उनकी चिंताओं के विषय भी बदल गए थे।

—कहते हैं, फिरंगी गाय का मांस खाते हैं !

—फिरंगी हमारा धरम भ्रष्ट करने सात समुंदर पार से यहाँ आए हैं।

—अब लड़ाई होगी। अपना धरम छोड़ने से तो मर जाना अच्छा है रे !

वह तब छोटा था। दादी की बातें समझ में न आने पर भी वे अबोध परियों और राक्षसों की कहानी जैसी रोचक लगतीं।

जाड़ों की पीली-पीली गुनगुनी धूप में कभी बाहर आँगन में बैठते, या बाहर बर्फ गिरने पर घर के भीतर लोहे के 'सगड़' की आग के चारों ओर घेरा बनाकर आग सेंकते तो दादी खोई-खोई-सी कहतीं—

"तुम्हारे दादाजी को जब जनम-कैद की सजा हुई तो मेरी उमर बीस साल की थी। तुम्हारा बाप हरकिसन गोदी का बच्चा था···तुम्हारे दादाजी को कालापानी ले जाते समय जब बेड़ियाँ भी लगवाईं तब 'भारत माता की जै-जैकार' से आकाश गूँज उठा था। आदमियों का कैसा गिरदंभ-सा मच गया था। इत्ती भीड़ लोगों ने शायद ही कभी देखी हो।

"पर रात को मातम-सा छा गया था उस दिन। आसपास के सारे गाँव-घरों में कहीं चूल्हा नहीं जला था। मंदिर की धूनी रात-भर धधकती रही थी। सैकड़ों लोग आग के चारों ओर बैठे रहे।

"सुबह पता चला कि घाट की डाक-चौकी जलकर राख हो गई है। इस पर फिरंगियों की पलटन आई। क्या-क्या जुल्म नहीं हुए, निरपराध लोगों पर। लोग घर-द्वार छोड़कर पहाड़ के खोहों-उड्यारों में छिप गए थे। तब खौंखियाए सिपाहियों ने बस्ती की बस्ती फूँक डाली थी···।

"उस दिन के बाद मैं रोज सामने वाले ऊँचे डाँडे तक जाती। वहाँ से दूर तक सड़क दीखती है न ! उनकी राह देखती···!"

"दादी, क्या दादाजी फिर कभी लौटकर घर नहीं आए···?"

इस प्रश्न पर दादी की झुर्रियों से ढका बूढ़ा चेहरा न जाने कैसा-कैसा हो जाता ! उनकी रीती आँखों में अजब-सा वीतराग तिरने लगता। चाहकर भी वे रो न पातीं। कहतीं, "आँसू ही सूख गए हैं रे अब !"

पहाड़-सी कठिन जिंदगी उन्होंने यों ही गुजार दी थी—दादाजी के इंतजार में।

जब वह बहुत बूढ़ी हो गईं तो बहकी-बहकी-सी कभी सुनाया करतीं, "लोग गलत कहते हैं रे रामा, तेरे दादाजी अभी हैं। कभी-कभी फिरंगियों की नजरें बचाकर यहाँ आते हैं। मुझे अभी भी याद है। हमारे हरकिसन की शादी के दिन मैं कितना रोई, कितना, उन्हें याद कर। बारात को विदा कर जब अपनी अँधियारी कोठरी में लौटी तो देखा, वे जमीन पर बिछे ऊनी चुटके में, पहले की ही तरह झक

सफेद कपड़े पहने, पालथी मारे बैठे हैं। पता नहीं कब से इंतजार में···

"अरे, हरकिसन की इजा, तू इतनी परेशान क्यों है ? सब अच्छी तरह से निभ गया न ! कल बहू भी आ जाएगी। घर में फिर चहल-पहल होगी···!"

दादी कहते-कहते फफक पड़तीं, "अपनी हथेली का मांस खाकर मैंने अपने हरकिसन को कैसे पाला, मैं ही जानती हूँ। तुम तो मुँह उठाकर चले गए थे," मैं उनसे गुस्से से कहना चाहती थी, पर मेरे कहने से पहले ही देखती हूँ कि वे जा चुके थे। शायद फिरंगियों से पकड़े जाने की आशंका के कारण···! जब भी आते छिन-दो छिन इसी तरह छिप-छिपकर। कभी भरी आधी रात को चाँद के उजास में हमारे बंजर खेतों की मेड़ पर खड़े दीखते। कभी चौराहे के पार, मंदिर की बड़ी सीढ़ियों पर उदास-से गुमसुम बैठे। जब कोई विपदा होती, वे सामने खड़े दीखते। अपने बच्चों का मोह भला किसे नहीं होता रे··· ।"

दादी की पागलपन की इन बेतुकी बातों पर वे हँस दिया करते थे, "दादी, तुम्हारा भी जवाब नहीं। बाबूजी कहते हैं, कालापानी की जेल में भी दादाजी के पाँवों पर लोहे की बेड़ियाँ होती थीं। फिर बता, उस बंद कोठरी से यहाँ वे कैसे आ सकते हैं ? पानी के जहाज में ही हफ्ता-दस दिन लग जाते हैं··· ।"

"···!"

"यह सब तुम्हारा वहम है दादी··· ।"

"अरे, जैसे अभी तुझसे बातें कर रही हूँ, वैसे ही उनसे भी होती हैं। यों ही मुझे पगला रहा है, शैतान कहीं का··· ।"

दादी गुस्से से रूठकर चुप हो जातीं।

कभी-कभी उसके पास बैठकर बावली-सी कहतीं, "रामा, तू बड़ा हो जाएगा तो तुझे लेकर कालापानी जाऊँगी। फिर वहीं रहूँगी। कहते हैं, साथ में कोई हो तो दुःख का भार कुछ कम हो जाता है··· ।"

वह हँस पड़ता··· ।

अब दादी नहीं, पर कालापानी आकर लगता है, जैसे वे भी कहीं साथ-साथ यहाँ तक चलकर आई हों। दादाजी के कपड़े पोटली में बाँधकर, कितने जतन से रखे थे—सबसे छिपाकर !

यहाँ आकर वह कई वृद्धों से मिला, जिनके पूर्वजों का संबंध कालेपानी के सजायाफ्ता देशभक्तों से रहा। पर दामोदर नाम के कैदी के विषय में कहीं कुछ

पता नहीं चला कि उनके अंतिम दिन किस तरह, कहाँ बीते।

कहा जाता है कि दूसरे विश्वयुद्ध में जापानियों के आधिपत्य के समय सेल्यूलर जेल के कई महत्त्वपूर्ण कागजात जला दिए गए थे। हाँ, एक अलमारी में कुछ पुराने धुमैरेले कागजों के चिथड़े उसे अवश्य दीखे। किसी तरह अनुमति लेकर, वह उन्हें ही उलटने-पलटने, टटोलने लगा।

कैदियों की सूची में नाम था, पर अधिक विस्तृत विवरण नहीं। अंत में जीर्ण-शीर्ण पीले रजिस्टर के एक फटे पन्ने पर दीखा—'दामोदर पुत्र टीकाराम, ग्राम कुरौला, पट्टी छतारा, जिला⋯इसके आगे सब कुछ फटा हुआ। हाँ, नीचे जेल की कोठरी की संख्या अवश्य कुछ-कुछ पढ़ने में नजर आ रही थी—

कैदी संख्या अस्सी।

कोठरी संख्या दो सौ पाँच।

वह दौड़ता हुआ जेल की दो सौ पाँच नंबर की कोठरी में पहुँचा, हाँफता हुआ। लोहे का दरवाजा यों ही खुला था। झटके के साथ वह भीतर घुसा।

उस रीती काल-कोठरी में सीलन, धूल और मिट्टी के अलावा अब कुछ भी शेष न था।

खोजती हुई निगाहों से वह देर तक कुछ टटोलता रहा। बाहर कपाटों के पास पत्थर की दीवार पर एक गोल कुंडा-सा गड़ा है। कहते हैं—डंडा-बेड़ी के समय कैदियों को इसके सहारे बाँधकर लटका दिया जाता था।

वह देर तक उस कुंडे को अपनी अँगुलियों से सहलाता मूर्तिवत् खड़ा रहा।

इस रीते कमरे में अब कोई नहीं रहता, परंतु उसे लगता है—कोई रहता है।

कमरे में जाकर वह दीवारों को अपनी हथेलियों से छू-छूकर देखता है। उस टूटे फर्श को भी छूता है, बार-बार छूता है। उसे दीवारों और लोहे के दरवाजे पर एक प्रकार का स्पंदन-सा लगता है। लगता है, पीछे से अभी आकर दादाजी कहेंगे, 'अरे, रामा, तू यहाँ क्या कर रहा है ?'

दरवाजे से लगा, लोहे का मोटा-सा रॉड, दीवार के एक हिस्से को छेदकर, दूसरे किनारे तक चला गया है। वहाँ पर ताला लगाने की व्यवस्था है, ताकि कैदी किसी भी स्थिति में निकल भागने में सफल न हो !

वह बाहर आता है—दूर तक चला गया लंबा बरामदा। एक छोर से दूसरे छोर तक।

साँझ घिरने लगती है तो वह भारी-भारी कदमों से सीढ़ियों से नीचे उतरने लगता है।

बाहर खुले आँगन में लोहे और पत्थर का भारी-भरकम कोल्हू वैसा का वैसा रखा है। दोनों हाथों से ऊपर उठाने का प्रयास करता है। वह जवान होकर नहीं उठा पा रहा है, फिर बूढ़े-बीमार दादाजी किस तरह इसे उठाकर, आठ-आठ घंटे बैल की तरह तेल पेरते होंगे ?

पास ही कैदियों के नहाने का वह बित्ते-भर का चबूतरा। नारियल के खोल के टुकड़े में अंजुरी-भर खारे पानी से कैसे नहाते होंगे, उमस-भरी दोपहरी में ?

पूर्वी छोर पर काठ की एक काली-सी कोठरी अभी भी है। जहाँ छत पर, लकड़ी के गोल शहतीर पर नारियल की मोटी रस्सी का गोल फंदा नीचे लटक रहा है। नीचे पाँवों के पास दो तख्ते हैं, उनके नीचे अँधियारा कुआँ।

"लाश के लटके रहने के लिए तख्ते तुरंत हटा दिए जाते थे। और बाद में लाश नीचे अँधेरे तहखाने में उतार दी जाती थी···।" पास खड़ा कोई कह रहा है।

वह बहरा-सा, गूँगा-सा उस तहखाने को विस्फारित नेत्रों से ताकता रहता है। जहाँ अभी भी बिखरे हैं खून के छींटे। एक मूक क्रंदन अभी भी कहीं व्याप रहा है।

बोझिल कदमों से वह आगे निकल जाता है।

सामने की इमारत में, एक बड़े-से कमरे में बिजूका की तरह टँगे हैं, टाट के फटे कपड़े। लोहे के जंग लगे, टूटे बर्तन, हथकड़ियाँ, बेड़ियाँ सब प्रदर्शनी की तरह सजाकर रखे हैं।

रात को वह खाना नहीं खा पाता।

वहाँ का भुतहा वातावरण उसका पीछा करता रहता है। एक गहरा अवसाद उसे घेर लेता है।

लौटकर कमरे में आता है तो वह कमरा भी उसे वैसा ही, काल-कोठरी जैसा लगता है—डरावना।

इतने दिन हो गए भटकते-भटकते, परंतु कहीं कोई अता-पता दीखता नहीं।

कुछ लोगों की धारणा है कि जब जापानियों ने जेल के किवाड़ खोल दिए तो कुछ कैदी बाहर निकल आए थे।

हो सकता है, उनमें वे भी रहे हों !

पर बाहर निकलकर फिर कहाँ गए ? कहीं तो कोई सुराग मिलता !

बाद में जापानियों ने जो नृशंस हत्याएँ कीं, हो सकता है, उसमें वे भी मौत

के घाट उतार दिए गए हों !

जीवित होते तो बाहर आकर, कभी तो घर कोई पत्र भेजते !

यहाँ दामोदर नाम के क्रांतिकारी का कहीं कोई अवशेष नहीं दीखता। सड़कों पर, बस्तियों में घूमता हुआ, वह हर वृद्ध की आकृति के भीतर झाँकने का प्रयास करता है, कहीं यही तो नहीं ! कहीं ऐसे ही तो नहीं ! दादी के देवताओं के पास जो चित्र था, यहाँ की अधिकांश वृद्ध आकृतियाँ उसे वैसी ही लगती हैं।

उसे कहीं भ्रम-सा लगता। एक प्रकार का दृष्टिदोष···।

कल किसी ने लंबा लाइन क्षेत्र में वाजिदा बेगम नाम की एक अधेड़ महिला से मिलवाया था। उनके दादा अनवर आगा जौनपुरी उत्तर भारत के रहने वाले थे। सेल्यूलर जेल के कुछ कैदी जब हमेशा के लिए मुक्त हुए तो वे यहीं रह गए थे।

"दामोदर पंडित नाम के एक इनकलाबी कैदी का जिक्र तो कभी किया करते थे वे। जिन्होंने कैदियों के लिए जंगली घास की बनी हरी सब्जी में से एक बार एक साँप का कटा टुकड़ा लेकर जेलर बारी को दिखलाया था और विरोध में भूख-हड़ताल की थी···। दादा जान कहते थे, जब उनकी पीठ पर चाबुक की मार पड़ी तो चाबुक के साथ-साथ पीठ का मांस भी चिपककर, निकल आया था···। सारा कच्चा फर्श लहूलुहान हो गया था···।"

कुछ लोग सुना रहे थे कि जेल से भागे कुछ कैदी आदिवासियों की नाव में, एक झुंड की शक्ल में सागर में निकल पड़े थे। वहाँ से कहाँ विलीन हो गए, कुछ अता-पता नहीं···

कमरे में रोशनी जलाकर देखता है—उसके बिस्तर पर भूरे-सफेद रंग की एक चादर-सी बिछ गई है। तमाम बारीक चींटियाँ भर गई हैं। जो चबैना वह अपने बैग में, जाते समय यों ही पलंग पर धरकर रख गया था, सब गायब है।

बाथरूम में मोरी में से साँप जैसे लंबे-लंबे पतले केंचुए गुच्छे की शक्ल में भीतर आकर फर्श पर सुतली के तागे की तरह इधर-उधर सरक रहे हैं।

वह धड़ाम-सा बाथरूम का किवाड़ मूँदकर बाहर आता है।

चादर उठाकर बाहर बरामदे में फेंकता है और दिन-भर का हारा-थका-सा रीते पलंग पर यों ही चित लेट जाता है।

धूल जैसी बारीक चींटियाँ अभी भी बिस्तर पर कहीं-कहीं रेंग रही हैं। उनके काटने से सारे शरीर में तीखी जलन-सी मचने लगती है।

शायद बाहर अब बारिश हो रही है। तेज हवा चल रही है।

तभी दरवाजे पर लगातार खटखटाने की जैसी आवाज सुनाई देती है उसे। कुंडा खोलकर देखता है। खादी के फटे सफेद कपड़े पहने, लंबी दाढ़ी वाले एक वृद्ध पानी से भीगे, सामने खड़े हैं।

"आप क्रांतिकारी दामोदर पंडित के बारे में पूछ रहे थे न ! हमारे पड़ोसी कुटप्पा बतला रहे थे⋯।"

"जी हाँ। वे मेरे दादाजी थे। कालापानी की सजा पर आए थे। लगता है, उन्हें गुजरे भी अब अरसा हो चुका होगा⋯"

'गुजरे' शब्द उसे भारी-सा लगता है। लगता है, ऐसा नहीं कहना चाहिए था। जब मरे-बचे का पता ही नहीं तो⋯!

वृद्ध बड़ी करुण दृष्टि से उसे देखते रहते हैं।

"हम दोनों अरसे तक साथ-साथ रहे थे बेटे !" कुछ रुककर वह कहते हैं, "चलो मेरे साथ ! मैं बतलाता हूँ।"

बाहर अब वर्षा उतनी तेज नहीं। कुछ-कुछ थमने की जैसी प्रक्रिया में है। वह वैसा ही अकबका-सा किवाड़ मूँदकर उनके साथ-साथ बाहर निकल पड़ता है।

देर तक वे चुपचाप चलते रहते हैं।

पगडंडी जैसा कच्चा रास्ता।

"वह सामने जो जज़ीरा दीख रहा है न, कैदी पहले वहाँ खुले बाड़े में जानवरों की तरह छोड़ दिए जाते थे। यह दीवारों वाली जेल तो बहुत बाद में बनी थी।" वे इस तरह धीरे से कहते हैं, जैसे स्वयं से बातें कर रहे हों।

हलके से ढलान के बाद अब थोड़ी-सी चढ़ाई है। वृद्ध अपनी चादर सँभालते हुए मुड़कर देखते हैं, "उनकी कोई सूचना सरकार ने कभी आप लोगों को नहीं भेजी ?"

"ना।"

"बहुत भले आदमी थे वे। पर थे बहुत जिद्दी। बारी के जुल्मों के खिलाफ 17 अप्रैल को उन्होंने भूख-हड़ताल की थी। उसी में प्राण त्याग दिए थे बेचारों ने⋯!"

सेल्यूलर जेल की दीवारों से पीछे वे एक सँकरे-से ऊबड़-खाबड़ मार्ग से आगे बढ़ रहे हैं। इस उम्र में भी वृद्ध में बड़ी कड़क है। उससे भी तेज गति से चल रहे हैं।

बाहर पूर्णमासी का पूरा चाँद खिला है। घने बादल छितरा गए हैं। सारा

वातावरण निःस्तब्ध है। हाँ, सागर में प्रलय का जैसा ज्वार है। किनारे की चट्टानों में लहरें टूट-टूटकर बिखर रही हैं। सतह पर सफेद झाग-सा उभर रहा है।

"उनकी मृत्यु के दिन भी ऐसा ही पूरा चाँद था। रात के सन्नाटे में दो खूँखार पठान कैदियों ने चुपचाप उनकी नंगी लाश कंधों पर उठाई और ज्वार आए सागर में यहाँ से छपाक-से फेंक दी थी···।"

वृद्ध का भारी स्वर भर्रा आया है। वे मूर्तिवत् स्तब्ध खड़े सागर की उफनती लहरों में कुछ खोजने-से लगते हैं।

कुछ क्षण का मौन तोड़ते हुए कहते हैं, "वह देखो, वह देखो···दूर···समुद्र की लहरों में कुछ तिरता-सा तुम्हें दीख रहा है न ? काला-काला-सा···?"

वह ध्यान से देखता है, एकाग्र भाव से। सन्नद्ध।

"हाँ, लहरों के ऊपर एक काला-काला चिथड़ा जैसा कुछ···।"

"पूर्णमासी की रात को कभी-कभी यह तिरता चिथड़ा-सा लोगों को आज भी दिखलाई देता है···। कुछ लोग वहम भी कहते हैं इसे··पर जो सामने दीख रहा है, क्या वह मात्र वहम है···?"

कहते-कहते यकायक वे मौन हो जाते हैं।

पता नहीं कितनी देर तक वह वैसा ही जड़वत् खड़ा रहता है !

अब उनके पाँव यंत्र की तरह डेरे की ओर मुड़ते हैं।

दोनों चुप हैं।

लौटने पर वह फिर कमरे में आता है, पर अब नींद नहीं आती। असंख्य चींटियाँ बिस्तर पर फिर बिखर गई हैं। केंचुए सारे बाथरूम में बिछ गए हैं। एक धूमिल-सी आकृति बार-बार उसकी आँखों के आगे उभरती है और ओझल हो जाती है···।

दादी आज जिंदा होतीं तो यही कहतीं, "मैं कहती थी न, तेरे दादाजी अभी हैं रे ! एक बार कभी उन्हें देख आती तो मरते समय कितनी शांति मिलती···!"

इति

वह सोचता था—इति टेनिस के कोर्ट-यार्ड की बगल में पड़ी सीमेंट की चितकबरी चौकी पर सिमटी-सी बैठी, कुछ पढ़ती मिलेगी। गीले बालों को कंधे पर बिखेरे, प्रातः की ठंडी धूप में सुखाती हुई। ओस की-सी निथरती, ढुलकती बूँदों पर जब सतरंगी किरणों का प्रतिबिंब फूटेगा तो वे मोती की तरह जगमगाने लगेंगी। और पहाड़ों के उस पार से, बादलों के हटते ही सुनहली लटों पर ढेर सारा पिघला सोना एक साथ बिखर पड़ेगा…। तब वह पहले की तरह, ठीक बचपन के दिनों की भाँति, बिल्ली के जैसे दबे पाँवों से, पंजों के बल लचक-लचककर, छिप-छिपकर पीछे से आएगा और पट्-से उसकी दोनों आँखों को मूँद लेगा।

"अ र र !" वह अचकचाती हुई तड़फड़ाएगी। तब किताब दूर छिटक पड़ेगी, "मुँई ममता है…नहीं, नहीं, मरी कपिला सूद…अरि, अरि, ओ फियरी च्च…!" फिर उसका हाथ आँखों पर पड़ी हाथों की पट्टी पर पड़ेगा, तो चौंकेगी। सहमेगी। कुछ स्वाभाविक लज्जा से सिमटेगी, "अरे, पप्पू, छोड़, छोड़ न ! मैं अम्मा से कह दूँगी ! दद्दा से भी ! इत्ता बड़ा हो गया खजूर ! धेले-भर की भी अकल नहीं ! अरे, कहीं जिज्जी से भी 'किस्सी' माँगी जाती है रे…!"

वह स्वयं को छुड़ाने के लिए पूरी ताकत से छटपटाएगी। गुस्से से लंबे-लंबे नाखूनों से हाथ कुरेदेगी। अंत में जब कुछ भी न बन पाएगा तो अपने पैने दूधिया दाँत गड़ा देगी, "बोल !…अब…अब्ब !"

तब वह गुदगुदी रोक न पाएगा। जोर से खिलखिलाकर फूट पड़ेगा, "अरि ओ, कैट ! 'अब-अब' की बच्ची ! नोच-नोचकर खा डालेगी क्या…?"

बिजली के नंगे तारों से, जैसे सारा गीला बदन झनझना आया। सिहरकर वह सकुचा आएगी। अजीब-सा मुँह बनाएगी और उसके हाथों को जोर से जकड़ लेगी। देर तक जकड़े रखेगी। और फिर अनायास अपनी स्वाभाविक हँसी में खिल-खिल हँसने लगेगी, जैसे खूँटी पर कच्चे धागे के सहारे टँगी पायल हवा के हलके-से झोंके से टूटकर, संगमरमर के फर्श पर एक साथ बिखर पड़ी हो…! और फिर शरारत से, हँसी रोककर कहेगी—"समझी ! समझी ! डी-यू-आर-जे-ए-एन ! दुर्जन !

नहीं, नहीं, सज्जन भैया ! स ज्ज न !"

इतने वर्षों बाद भी वह आवाज से ही उसे पहचान गई ? कितना आश्चर्य ! वह पलकों पर लगी हथेलियों की पट्टी खोलेगा तो जैसे खिड़की खुली—पूनम की चाँदनी का सारा उजला आकाश सामने उतर आया हो।

कागज की छोटी-सी डिबिया में तैरती, कंचे की तरह पारदर्शी, चमकीली पुतलियाँ ! पके पाँगर-सी रेशमी लटों के बीच, मखमली गोरे गालों पर, न जाने कैसे चुटकी-भर अबीर बिखर पड़ा ! उसकी सीपी जैसी चौड़ी पलकें सहसा गिर पड़ीं, जैसे झरोखा मुँद गया और सामने सफेद चादर तन गई।

लेकिन, तब भी वह देखता रहेगा।

तब वह पानी में गिरी छोटी-सी गठरी की तरह सिकुड़कर और छोटी हो जाएगी। कनखियों से झाँककर, रेशमी होंठों को कुछ मोड़कर, हमेशा की तरह घूरती हुई कहेगी, "अरे, यों क्या देख रहे हो ?" और दो गुलाबी पंखुड़ियाँ थिरकेंगी और सफेद दाँतों की संगमरमर-सी समांतर पाटियाँ चमक उठेंगी—"बे-श-र-म कहीं के !"

और तब भी वह ताकता रहेगा।

"बेशरम ! बेशरम !" वह एक नहीं, एक हजार बार कहे, वह बुरा नहीं मानेगा। केवल यों ही गुस्से से देखकर मुस्करा भर देगा।

उसकी नस-नस में मीठी लहर-सी दौड़ जाएगी।

वह भूल गया, वह कहाँ पर है। क्यों ऐसी बातें सोच रहा है। क्या उसे अब ऐसी बातें सोचनी चाहिए ? 'नहीं ! नहीं !' उसने माथे की सलवटों को जोर से दबाया—ऐसा सोचना क्या अब ठीक है ?

उसे याद आया, बचपन से ही वह ऐसा है। हमेशा कुछ अजीबोगरीब-सा कुछ करता आया है। जब अंजो के बराबर अदना बच्चा था, तब आँगन में उसने पंखुड़ियाँ बिखेरकर फूल बोए थे।

स्वयं पर उसे हँसी आ गई—अरे, फूल भी कहीं ऐसे बोए जाते हैं !

उसने जिज्ञासा से सामने देखा—

हाँ, वही तो कमरा है यह ! वही दीवारें, जिन्हें उसने बरसों तक देखा था ! यही तो छत है, भोर के सुनहरे बादलों की, जिसके किसी एक कोने में वह आँखें मूँदे, बरसों तक परियों की राजकुमारी के साथ रहा था ! यही वह हरा-हरा गोल आँगन, जहाँ वह आँखमिचौनी किया करता था ! यही अलादीन का जादुई फर्श जहाँ कैरम बोर्ड के बाड़े में घिरी 'बकरियों' को स्टाइगर से मारा करता था…!

उसके आगे से दो खड़िया-सी, तराशी हुई लंबी अँगुलियाँ घूमीं। नेल पॉलिश लगा लंबा नाखून ! कलफ लगे कॉलर पर धूल झाड़ने के लिए, सुलटे अँगूठे की नोक पर, कमान की तरह अँगुली टिकाकर टिक्-टिक् ! फिर काँसे की थाली पर गिरी कंकणी की तरह हलकी-सी हँसी की लहर !

उस लहर का अहसास वह अब तक अनुभव कर रहा है। अब भी उसे वह आवाज साफ सुनाई दे रही है...

तभी खट् ! खट् !

सामने से किसी के चलने की आहट हुई। साड़ी के सरसराने की जैसी आवाज।

सचमुच सामने से कोई निकल गया।

उसने जैसे उधर ध्यान ही नहीं दिया। उसके मस्तिष्क में अभी तक भी कोई दूसरी ही आवाज गूँज रही थी—बार-बार सुई की चुभन की तरह—

"अच्छा, तो सज्जन भाई सा'ब हैं। बैठिए भी न ! आप तो एकदम बदल गए। पहचाने तक नहीं जाते !"

उसका माथा पत्थर की दीवार से जा टकराया। काँच की नाजुक वस्तु की तरह कुछ खनखनाता हुआ, चूर-चूर होकर बिखर गया। कुछ भी तो वह कह न पाया था। अवाक्-सा ताकता रहा, इस लड़की की ओर। नहीं-नहीं, उसकी ओर नहीं, जिसे कभी 'व्हाइट कैट' कहा करते थे—"इति, द एंड !"

पर होंठ वैसे ही पतले गुलाबी, हाँ, कुछ और सुर्ख हो गए थे—थिरके, "यों क्या देख रहे हैं ? अरे, आपने अभी तक पहचाना नहीं ! मैं इति हूँ । पप्पू भैया आपके दोस्त थे। आपके साथ इंटर कॉलेज तक... ।"

उसने जैसे सिर हिलाया। जैसे वह कहना चाह रहा हो—हाँ, शायद तुम्हें इति कहते हैं। तुम्हारे पप्पू भैया शायद मेरे दोस्त थे। इंटर कॉलेज तक हम साथ-साथ पढ़ते थे।

"अरे, आप खड़े क्यों हैं ! तशरीफ लाइए न !" वह हँसी। ठहरे पानी पर पड़े हलके भँवर की तरह कपोलों पर दो नन्हे-नन्हे गड्ढे चमके। पर न जाने क्यों आज उतने भले नहीं लगे !

उससे कुछ भी बोला न गया। चुपचाप यंत्र की तरह वह आगे बढ़ा और सोफे पर बैठ गया।

"आप कित्ते बदल गए हैं !"

गूँगे की तरह वह सामने देखता रहा।

"आजकल कहाँ हैं ?"

"दिल्ली !"

"अरे, हाँ !" जैसे उसे आज तक पता ही नहीं था। जैसे अभी-अभी याद आ पड़ा हो—"पप्पू भैया ने कभी बतलाया था कि आप साइंटिस्ट बनते-बनते जर्नलिस्ट बन गए। इन लिस्टों में यों आजकल क्या धरा है ! ठाट तो केवल इंडस्ट्रियलिस्टों के हैं या फिर बड़े-बड़े बिजनेसमैनों के। शेष तो सारी घास-कटाई है···।"

उसने जीभ की नोक से सूखे होंठों को भिगोया। क्या उत्तर दे ! कुछ सूझ नहीं पा रहा था।

"आपको याद है, बचपन में मैं भी तुकबंदी जोड़ लेती थी। कित्ता बचपना था, अब सोच-सोचकर हँसी आती है। अधिक सेंटीमेंट भी तो···!" कहते-कहते वह अटक-सी आई थी।

"चा तो लेंगे न ?" उत्तर की प्रतीक्षा किए बिना वह फिर झटके से ओझल हो गई और वह न जाने किस सोच में डूब गया !

उसका माथा दुखने लगा था।···वह क्यों चला आया यहाँ !

उसके मन में विचार कौंधा—उठे और चुपचाप वापस चला जाए। यहाँ रुककर क्या होगा ! उससे चाहकर भी रुका नहीं जाएगा।···

परंतु उससे न उठा गया, न चलने की ही हिम्मत रही। वह वैसा ही सोफे पर धँसा ताकता रहा।

वह सोचता था, उसके घर में घुसते ही तूफान उमड़ आएगा। इति फूली न समाएगी। पप्पू उसे बाँहों में कसकर, पहले एक-दो चक्कर घुमाएगा, फिर पीठ पर धौल जमाता हुआ, बड़ी-सी गाली देगा। तू-तड़ाक से नीचे उतरे बिना बात ही नहीं करेगा।

"अम्मा, देख, ये कौन सज्जन तशरीफ लाए हैं, तुमसे मिलने ?" देहरी से ही चीखकर कहेगा।

अम्मा भागती हुई आएँगी, "अरे, मैं जो कहूँ, कौन सज्जन हैं···? तू तो बहुत बड़ा हो गया रे···!"

"अम्मा, यह बड़ा नहीं, दहीबड़ा हो गया है। जर्नलिस्ट बन गया है।···हम तो बस यों ही सरकार की मुंशीगिरी करते रह गए। कभी मिलिट्री में कमीशन-वमीशन भी तो मिलता नहीं। वही लैफ्ट-राइट करते···लेकिन जरा इससे पूछ। चाँदी तो

इसी साले की हो रही है। बड़े-बड़े लोग इससे डरते हैं...।"

इति मन ही मन मुस्कराएगी। मुँह भींचकर हँसती हुई कहेगी, "चाँदी प्योर नहीं, चौदह कैरेट की है अम्मा...!" किलककर हँसने लगेगी। बचपन में भी तो ऐसे ही हँसती थी–खिल-खिल करती, जैसे सीटी बजा रही हो...।

बदले में तब वह भी कोई ऐसी ही चुभती हुई बात कहेगा, शरारत-भरी, तो गुस्से से घूरकर देखेगी–बिल्ली की बच्ची ! जैसे निगल जाना चाहती हो। फिर सबकी निगाहें बचाकर, जीभ दिखलाती हुई फुसफुसाकर कहेगी–बे-श-र-म...!

और फिर ताई कभी उसकी ओर देखने लगेंगी, कभी इति की ओर। और तभी पप्पू चिल्ला उठेगा, "अरि, देखती क्या है अम्मा ! कलाकार है, कलाकार ! चाहे तो मुझ पर, तुम पर, सब पर साला परचे लिखकर छपवा दे ! बड़े-बड़े लोग डरते हैं, तो हमारी क्या बिसात ! हो-हो-हो !" सब एक साथ हँस पड़ते हैं।

इस अनगूँज हँसी का स्वर, उसे लगता है, सचमुच गूँज रहा है। उसे भय-सा लगता है। झुँझलाहट-सी होती है। ऐसी व्यर्थ की बातें वह क्यों सोचता है ? ऐसी बातों का क्या अर्थ...?

जैसे कहीं गँदले पानी में कुछ खो गया हो, और वह ढूँढ़ता-ढूँढ़ता पस्त हो गया हो। वह हथेली से आँखों को जोर से दबाता है और फिर शून्य में कुछ टटोलने लगता है।

सामने एक चौखटा है–एक तसवीर। इतनी बड़ी, इतनी चुलबुली इस चौखटे में कैसे समाई होगी...! उसे आश्चर्य होता है–

कुछ-कुछ वैसी ही बड़ी-बड़ी आँखें। दो चोटियों में से एक, गाय की पूँछ की तरह सामने बिखरी है, जिस पर बँधा रिबन कहीं निकल गया है। केवल धागे की तरह, रबड़ का छल्ला लपेटकर, चार अंगुल ऊपर बाँधा है, ताकि अंतिम सिरे पर मुट्ठी-भर बिखरे केश सुंदर लगें...। छाती पर दो उलटी कटोरियों की हलकी-सी छाया...। यह फोटो तब खिंचवाया होगा, जब वह कम उमर की रही होगी। अब तो इत्ती बड़ी हो गई है...।

चौखटे से हटकर उसकी निगाहें न जाने कब दीवार की ओर, दरवाजे की ओर मुड़ीं। सब कुछ बदला-बदला-सा लगा। पहले इतनी सजावट न थी, फिर भी न जाने क्यों इतना अच्छा-अच्छा-सा लगता था। पर, वैसा ही अब क्यों नहीं लगता !

अँगीठी के ऊपर धानी रंग का सुराहीनुमा बड़ा जार है, मोम-सी चिकनी रंग-बिरंगी छोटी-छोटी मछलियाँ बड़े कलात्मक ढंग से फिसल रही हैं…। मध्य भाग में हाथी-दाँत की एक नारी-प्रतिमा—वस्त्रविहीन। और पास ही 'कैंजिल' की टाइमपीस। रेशमी तिनके की तरह सरकती दो सुइयाँ…। टिक्-टिक्। और एक…

तभी बड़े दरवाजे पर टँगा, खादी का पूरा परदा सरका। साड़ी की-सी सरसराहट। लाख कोशिश करने पर भी उससे मुड़कर पीछे न देखा जा सका…

दो पतली-सी लंबी नाजुक अँगुलियों ने दो नाजुक प्याले बड़ी नजाकत के साथ मेज पर रखे और उसी मुद्रा में एक तनिक और आगे सरका दिया।

क्या बातें करें ? जैसे दोनों यही सोच रहे थे। अंत में यों ही ठहरे पानी पर हलकी-सी कंकणी फेंकी इति ने, "पप्पू भैया पिछले शनीचर को लखनऊ गए हैं… ।"

पप्पू लखनऊ क्यों गया ? कब तक वापस लौटेगा ? उसने कोई प्रश्न नहीं पूछा। 'सिप्-सिप्' एक साथ दो चुस्कियाँ लेकर गरम प्याला हौले से सामने रख दिया।

"चाय कुछ अधिक गरम तो नहीं हो गई ?" इति ने पूछने-भर के लिए पूछा।

"नहीं, नहीं, मुझे गरम ही अच्छी लगती है… ।" कहकर वह चुप हो गया। उसे ध्यान आया, बचपन में तो वह हमेशा पानी जैसी ठंडी चाय ही पिया करता था। उसे लगा, शायद इति ऐसा कुछ अवश्य कहेगी, परंतु वह चुप रहती है। जैसे सुना ही न हो।

फिर सन्नाटा छाया रहा। इति प्याले के ऊपर उठती भाप देखती रही। सज्जन की पलकें शून्य में निराधार।

"आप अकेले ही आए…?"

"हाँ… ।"

"भाभी जी को साथ नहीं लाए?" बिना सोचे ही इति के मुँह से निकल पड़ा।

वह चौंका। जैसे तंद्रा टूटी—"कौन भाभी…?"

"मेरा मतलब…!"

दोनों अनायास हँस पड़े एक साथ।

इस हँसी से कुछ बोझिलता कम हुई।

इति फिर जैसे कहीं कोई और किनारा खोजने लगी।

काली मेज पर बिखरी पानी की बूँदों को वह अँगुली की नोक से समेटती-बिखेरती अजीबोगरीब शक्लें बनाने लगी…

इतने में बिना किनारी की खादी की सफेद धोती का पल्ला घसीटती सामने

से ताई गुजरीं। देखकर भी जैसे देखा न हो।

इति से रहा न गया। बोल पड़ी, "अम्मा, तुमने पहचाना नहीं ! सज्जी भैया हैं—सज्जन !"

"हूँ, सज्जन—!" सलवटें पड़े माथे पर बल पड़ा, जैसे प्रयत्न करके भी कुछ समझ में न आ पा रहा हो !

"सज्जन ! कौन स-ज्ज-न ?"

"अरे, वही जो अपने पड़ोस में 'राइट लॉज' में रहते थे··· ।" तनिक ऊँचे स्वर में बोली वह, "काकी थी न ! काकी ! आलू की खीर खिलाती थी !···रतौंधी के कारण रात को कम देख पाती थीं न ! एक दिन कढ़ी में नमक के बदले फिनायल का पाउडर डाल दिया था··· ।" वह जोर से हँस पड़ी।

"अच्छा, अच्छा—!" इस बार जैसे सचमुच में कुछ याद आ पड़ा हो, "हाँ-हाँ, बेटा ! रजनी की अम्मा न !"

उसने केवल सिर हिलाया।

"कहाँ हो बेटा अब ? अम्मा कहाँ हैं ? अच्छे तो हो न सब ?"

सज्जन का उत्तर अभी पूरा भी नहीं हो पाया कि बाहर से आवाज पड़ी··· । इति से 'चा' के लिए कहकर, वह मंदिर जाने की बात दुहराकर, हड़बड़ाती हुई निकल गईं··· ।

कुल मिलाकर यह सब बड़ा असह्य-सा लगा सज्जन को। वे खुले दिल की बातें, अपनेपन का आत्मीयता-भरा व्यवहार कहीं भी लग नहीं रहा था। उसे लग रहा था, जैसे कहीं धुंध-सी छा गई है। लाख चाहते हुए भी जो जैसा है, वह वैसा लग नहीं पा रहा है। उसकी अपनी 'अच्छी' ताई, झगड़ालू पप्पू, नटखट इति कहीं दीख नहीं पा रहे थे। उसका मन बर्फीले पानी में गिरे अंगारे की तरह बुझ-सा आया था···

उसने कुछ टटोलती निगाहों से इधर-उधर देखा—

इत्ती बड़ी दुनिया में भला कौन, किसे याद करने लगा ! मेले में मिले यात्रियों की तरह···हाँ, पड़ोस में उनके जाने के बाद कितने और पड़ोसी आए होंगे···! उनके साथ भी इनका व्यवहार उतना ही आत्मीय होगा···! उसकी तरह इति उनके साथ भी कैरम खेलती होगी ! चाँदनी रात में आँखमिचौनी···! किलक-भरी हँसी ···गुदगुदी···छीना-झपटी···और···उसके मन में विचार आया कि पूछूँ—'फिर कौन-कौन लोग यहाँ आए थे ? कब तक रहे ? कैसे-कैसे थे···' लेकिन लाख प्रयत्न करने पर भी होंठ खुले नहीं।···यह भी क्या कोई पूछने की बात है ! उसके अंतर में एक

खिंचाव-सा आया और वह सहमकर रह गया···।

रखी-रखी चाय ठंडी हो गई। उसके ऊपर कत्थई रंग की एक मोटी-सी परत जम गई।

"अरे, आप पी क्यों नहीं रहे हैं ?" इति ने पूछा तो वह जैसे नींद से जागा। यों ही हँस पड़ा।

दो-चार घूँटों में ही उसने प्याला रीता कर दिया।

इति जब प्याला लेकर जाने लगी तो उसके पीछे से, सिर से पाँवों तक कुछ तौलते हुए उसने झाँका। वह अब पहले की तरह सेम की बेल-सी दुबली-पतली नहीं थी, और न पारदर्शी ही। तन में अब भराव था, रंग में निखार ! संतरे की भरी डाल की तरह।

उसने जम्हाई लेते हुए, एक घुटने के ऊपर दूसरा घुटना रखा और फिर खट्-खट् हिलाने लगा। गर्दन सोफे की पीठ पर झुका ली। फिर भी कुछ सूझा नहीं तो मेज के नीचे औंधे मुँह पड़ी कोई किताब निकाल ली। पहला ही पृष्ठ खोला कि बाएँ कोने में, एक लाल लकीर-सी खिंची दीखी। ऊपर बहुत बारीक कलम से लिखा था—इति के लिए···नीचे हस्ताक्षर स्पष्ट नहीं थे। कुछ भी पता नहीं चल पा रहा था···

अम्मा-ताई जब धूप तापने के लिए बाहर आँगन में बैठते तो ताई अम्मा से अकसर कहा करतीं—"संजी और इति की जन्म-राशि में समानता है न ! पंडतज्जी कैते हैं···!"

अम्मा तिनी की चोटी पर रिबन बाँधती हुई, ऊँघती-ऊँघती कहती—"हाँ।"

"दोनों हैं भी तो एक-से !"

माँ हँस पड़ती।

और—

"···ताई, ये इति मुझसे झगड़ रही है···!" ताई के गले में बाँहें डालकर वह झूलने लगता।

"देखो न अम्मा, बिना बात इसने मेरा मुँह जूठा कर दिया है।" इति सहज आवेश में बोल पड़ती।

"और तूने जो ये चाँटा मारा ! कटोर बिल्ली कहीं की !" वह अपना लाल गाल ताई के मुँह के पास ले जाता। ताई बड़े दुलार से उसे चूमकर गोदी में भींच लेतीं, "अरी, मुँहजरी, कहीं इस तरह हाथ उठाते हैं···!"

और आज जैसे उसी ताई ने पहचानने से ही इनकार कर दिया। क्यों कर

दिया ? पप्पू ने पिछले कई सालों से पत्र देना बंद कर दिया। क्यों कर दिया ? अपने हर पत्र में उसने घुमा-फिराकर अम्मा-ताई के साथ-साथ इति का भी जिक्र किया था, परंतु प्रत्युत्तर में व्यर्थ की बहुत-सी बातें वह गिन-गिनकर लिखता था, परंतु एक बार भी इति का जिक्र उसने क्यों नहीं किया ?···

इति फिर दो प्याले गरम-गरम चाय के लिए आई। हथेली में अपनी ठुड्डी टिकाए क्षण-भर सामने की ओर देखती रही। कुछ सोचती रही। फिर अपनी कलाई मोड़कर देखती हुई बोली, "आप चाय शुरू कीजिए। मैं अभी आई···! बस्स !" और तेजी से लपककर भीतर चली गई। जैसे सहसा कोई महत्त्वपूर्ण बात याद आ पड़ी हो !

देर तक जब वह नहीं आई तो प्याला रीता कर, वह बाहर बरामदे में टहलने लगा। उसे लगा, जैसे अपने किसी जनम की बात आज सहसा याद आ पड़ी हो। ···या यह सब किसी सपने में उसने देखा हो! हो सकता है, कभी रहा भी हो यहाँ ! यहाँ के कण-कण में धुँधली स्मृतियों के कितने ही रुपहले प्रतिबिंब थे ! समय की बारिश ने बहाकर जिन्हें विस्मृति की बाढ़ में डुबो दिया हो···!

···यहाँ वे बैठा करते थे···अभी इति आएगी तो बतलाएगा—यहाँ उसने पंखुड़ियाँ बोई थीं···इस पत्थर पर खड़ा होकर वह चकई चलाया करता था···। यहाँ पर एक दिन झूठमूठ के झगड़े में इति ने उसके गाल पर काट खाया था··· उसने इसी तरह एक दिन किसी को चूमते हुए देखा था। ऐसा करके क्या होता है, बहुत दिनों तक उसकी समझ में नहीं आ पाया था।···बरसात के दिनों में एक बार इति तालाब से उठकर, नहीं-नहीं, स्कूल से भीगकर आ रही थी···और फिर उस दिन से, उससे क्यों झेंपती थी···

कोर्ट-यार्ड की बगल में पड़ी उसी सीमेंट की चितकबरी टूटी पाटी पर वह स्वयं बैठ गया, जिसके किनारे दूब में, दूर तक धँसे हुए थे। साँझ से सूरज की रंगीन किरणों का झीना आवरण सिमटने लगा था। कुछ दुबली-पतली ठंडी किरणें देवदार के तने से सरक-सरककर चोटी तक बढ़ आई थीं।

इतने लंबे अरसे में वह कितना कुछ नहीं भूला, फिर गड़े काँटे की तरह कोई बात बार-बार भुलाए जाने पर भी क्यों नहीं भूली जाती ? क्यों याद रहकर, बार-बार चुभती रहती है ? मन अकारण उसी ओर खिंच-खिंच आता है ? जो दाँत टूट जाता है, जीभ उसी रीती ठौर को बार-बार क्यों सहलाती है ?

अभी इति आएगी तो एक-एक बात, एक-एक घटना उसे विस्तार से बतलाएगा। कितने उलाहने देगा ! कितनी शिकायतें—देखो, हममें कितनी समानता

थी ! एक-सी आदतें ! एक-सा स्वभाव ! कहीं भी, किसी भी रूप में हम सदा दो होते हुए भी दो कहाँ थे ! पर तुमने…

वह पहले हमेशा के अपने स्वभाव के अनुसार, गंभीर मुद्रा में खड़ी सुनती रहेगी। फिर शरारत से कपास की तरह खिली हुई हँसी में खिल-खिल हँस देगी …एकदम हलकी होकर।

वह भी एकदम तनावमुक्त होकर हँसने लगेगा।

"अच्छा, एक बात बतलाओ—!"

"क्या ?"

"सच-सच कहना…!"

"क्या ?"

"अब किसे प्यार करती हो…?"

वह और जोर से हँसती हुई फट पड़ेगी।

"…अभी-अभी कुछ समय पहले जो तुम्हारे पड़ोस में रहता था ! घुँघराले बालों वाला…तुम्हारा क्लासफैलो…!"

वह ताली पीटती हुई हँसने लगेगी, "अरे, वाह ! उसके बालों का भी पता लगा लिया ! और क्लास का भी…!" वह चिढ़ाने के लिए शरारत से देखेगी, "मैं गर्ल्स कॉलेज में पढ़ रही हूँ तो वह मेरा क्लासफैलो कैसे हो सकता है ? और फिर जो मेरे पड़ोस का मकान था न, वह अब सरकारी गोदाम है। वहाँ कोई कैसे रहता होगा !" हँसी की लहर फिर सामने बिखरने लगेगी।

वह कुछ संयत होकर कहेगा—"अच्छा, क्लासफैलो छोड़ो," वह समझौता करता है, "पप्पू का कोई दोस्त होगा…वह रोज तुम्हारे घर आता होगा…कोई न कोई जरूरी काम उसे रोज निकल आता होगा…या फिर तुम्हारी सहेली का बड़ा भाई, इंजीनियरिंग की तैयारी में लगा…जब तुम उसके घर जाती होगी, वह हाथ का काम छोड़कर, भागता-भागता उसी कमरे में आ जाता होगा, जहाँ तुम एकांत में अपनी सहेली के साथ खिलखिला रही होगी। उसे एकाएक उस काम की याद आ पड़ी होगी, जिसे उसकी बहन यानी तुम्हारी सहेली ने अब तक पूरा न किया हो।…आते ही आसमान सिर पर उठा लेता होगा, कि उस काम के न होने से उसका कितना हर्ज हो गया।…फिर एकाएक उसे प्यास लग पड़ती होगी। पास ही बगल के कमरे में, रसोईघर तक भी पहुँच पाने की हिम्मत न रह पाती होगी। तब वह तुम्हारी सहेली को पुचकारता होगा। हजार मना करने पर भी अंत में उसे जाना ही पड़ता होगा…उसके जाते ही उस होने वाले होनहार इंजीनियर की आँखें तुम

पर अटक आती होंगी। तुमसे चाहकर भी उसकी ओर देखा न जाता होगा। तब वह पानी का गिलास जूठा कर, बड़बड़ाता हुआ चला जाता होगा !⋯दूसरे दिन फिर तुम्हारी सहेली से पूछता होगा, 'शीला, आज तुम्हारी तीन बटा चार दिखलाई नहीं दे रही है।' उससे तुम्हारा कद कुछ कम होने के कारण, इसी नाम से तुम्हें चिढ़ाता होगा।⋯तुम्हें उस पर गुस्सा भी आता होगा। और तुम्हें अच्छा भी लगता होगा⋯ सारी-सारी रात नींद न आ पाती होगी⋯। फिर एक दिन⋯फिर एक दिन⋯"

इति अपना धीरज अब तक खो चुकेगी। "सुनो, मैं कहे देती हूँ⋯कुछ ऐसा-वैसा कह बैठी तो मुँह फुला लोगे। इत्ते बड़े होकर, इत्ती बेशरम बात⋯!"

सचमुच इत्ते बड़े होकर⋯वह डूब-सा जाएगा, किसी गहरे में⋯।

एक सफेद बादल का दूधिया टुकड़ा, धुनी हुई रुई के फाहे की तरह, जैसे सिंदूरी शीशी में डूबकर लाल हो गया हो⋯। देर तक उसे वह देखता रहा। उसके झुके हुए कोने उसे भेड़ के सींगों की तरह मुड़े हुए लगे⋯। उसने इधर-उधर पलकें दौड़ाईं—और भी पैवंदनुमा कई टुकड़े दिखलाई दिए⋯जैसे छोटी-छोटी पालदार कई नावें एक साथ भागी जा रही हों।

मुँदे दरवाजे की तरफ से आहट-सी आई। पर्दे की रिंगें सिहरीं—हाँ, इति ही तो है। पके खुबानी के रंग की झकझक साड़ी ! हाथ में नाचता हलका-सा कलात्मक बैग और आँखों में सुंदर-सा धूप का चश्मा !

बाहर से इतनी खिली-खिली होने के बावजूद, भीतर से बोझिल ! पानी भरे बादलों की तरह भारी⋯।

"चलें—?" उसने इस तरह से कहा, जैसे वह इसी शब्द की प्रतीक्षा में इतनी देर से बैठा हो।

वह भी चलने लगता है, चुप।

"कहाँ टिके हैं ?"

"ग्रीन लॉज⋯।"

"यहाँ भी आ सकते थे !"

वह कुछ बोला नहीं।

"चलिए, आपको कुछ दूर तक छोड़ आऊँ⋯!" वह यों ही मुस्कराने का प्रयास करने लगी।

"हाँ, कहीं मैं फिर न लौट आऊँ !" इस बार वह भी अकारण हँस पड़ा।

फिर देर तक दोनों अपरिचितों की तरह चलते रहे। 'कर्र्-कर्र्—' केवल स्लेटी बजरी पर जूतों के चलने से आवाज आती रही⋯तीखी ढलान पर बार-बार पाँव

रपट पड़ते···इति सड़क के किनारे लगे तारों को छूती हुई चल रही थी···

सज्जन ने देखा, तो उसने झटके के साथ गीले तार पर से हाथ हटा लिया।

ऐसे ही एक बार पहले भी···तब भी··· । उन्हीं दिनों इन्हीं गीले तारों को छूने से होस्टल के वॉर्डन की ग्यारह वर्षीया बिटिया मर गई थी। सज्जन ने डाँटा तो उसकी रुलाई फूट पड़ी थी···

अगले मोड़ पर 'व्यु कॉटेज' के साथ लगी गोल टंकी के नीचे, सड़क के बाईं ओर बूढ़ा देवदार का पेड़ आया। सज्जन ने उसे ऊपर से नीचे तक पूरा देखा··· । यहाँ तक दोनों घूमने से साथ-साथ आकर, अलग-अलग हो जाया करते थे। जैसे दोनों दो विपरीत दिशाओं से आ रहे हों, इस तरह अपने-अपने घरों में घुसते थे। उसके जाने से कुछ दिन पहले इसी उतार पर एक दिन वह फिसल पड़ी थी।··· चोट मामूली थी, फिर भी पता नहीं क्यों वह इतना रोई थी !···जिस दिन सचमुच वे घर खाली करके जाने लगे थे, वह कितनी उदास थी !···वे यहाँ तक घूमने आए तो वह बिना बात ढुल-ढुल रोने लगी थी, जैसे दुधमुँही बच्ची हो।···तब वह कुछ भी कह न पाया था। आज की तरह उस दिन भी उसके होंठ सिए हुए थे।

"तुम्हें मालूम है···?" उसने नहीं, जैसे किसी तीसरे ने कहा हो।

सज्जन चलता-चलता घाटी से उभरते कुहरे की ओर चुप देखता रहा।

"मेरी मैरेज हो गई है–।"

"··· ।"

"वे डॉक्टर हैं, कपूरथला में।"

वह फिर भी चुप था।

"गाड़ी है···कोठी है···"

"··· ।"

"तुम सोचते होगे कि मैं दुखी रहती हूँगी··· । जो बीत गया, उसी को याद कर-करके घुट रही हूँगी। लेकिन, सच, ऐसी बात नहीं है।" तौलने की दृष्टि से उसने सज्जन की ओर देखा, जिसके चेहरे पर कोई भाव न था।

"हमारा जीवन बहुत सुखी है। एक-दूसरे को हम बहुत प्यार करते हैं। मेरा अनुमान है कि कोई भी युवा स्त्री-पुरुष कुछ दिनों तक साथ रहें–एक साथ, तो निश्चित ही एक-दूसरे के लिए स्थान बना लेते हैं। क्यों, ठीक है न ?"

वह निर्निमेष सामने की ओर ताक रहा था।

चलते-चलते एक चौराहे पर पाँव ठिठक पड़े। कुहासा, गहरा कुहासा धुनी रुई की तरह चारों ओर घिर चुका था। बाँज के पेड़ों की निष्ठुर पत्तियों से टप्-टप्

बूँदें टपक रही थीं। कुहासा झर रहा था। इति तार के खंभे के सहारे किनारे पर खड़ी थी। सज्जन ने दोनों ठंडी मुट्ठियाँ जेबों में भर ली थीं, जो सीसे के भारी टुकड़ों की तरह नीचे लटक रही थीं…। इति की साड़ी का पल्ला तेज हवा में उड़ा जा रहा था। उसकी आकृति में कोई विशेष भाव न था। जो था भी, वह पहले ही बिखर चुका था, हवा की तरह।…उसके सुनहरे फ्रेम के चश्मे के शीशे पर धुंध की धुँधली-सी परत जम गई थी, जैसी अकसर बर्फीले ठंडे पानी के गिलास के बाहर जम जाती है।

"वे आज सवा आठ की बस से यहाँ पहुँचने वाले हैं…।"

सज्जन की निगाहें कुहरे की अनिश्चित गहराई से उतरकर, बजरी पर धँस पड़ीं। बर्छी की तरह छेदती न जाने कितनी दूर, धरती पार कर गईं !

"तुम्हें मेरी शादी का कार्ड पप्पू ने भेजा था, पर तुमने फॉर्मल कांग्रेच्युलेशन का एक तार तक नहीं भेजा…।" वह जैसे अपने आपसे उलाहना कर रही हो।

उसका स्वर सूख गया। इस सबके लिए वह तैयार नहीं था शायद। क्या कहे, क्या न कहे—कुछ सूझ नहीं रहा था।

"तुम मुझे बहुत प्यार करते हो न ?" पता नहीं उसने क्या सोचकर कहा, "तो बताओ, मेरे लिए क्या लाए हो ? सुना है, तुम्हारा दिल्ली बहुत बड़ा शहर है। वहाँ सब कुछ मिलता है।" वह हँस पड़ी। एकदम सूखी हँसी में।

हाँ, इति ठीक कहती है। दिल्ली बहुत बड़ा शहर है। उसे कुछ तो लाना चाहिए था उसके लिए।

"इत्ते साल बीत गए, कभी पूछा तुमने कि मैं क्या कर रही हूँ ? आगे क्या करना है मुझे ? आज अचानक आ गए हो देवदास बनकर। अरे, बिना कर्तव्य की भावना के भी कहीं प्यार होता है ?" कहती-कहती इति स्वयं ही ठहर-सी आई, "हम देश से, व्यक्ति से—सबसे मात्र मौखिक प्यार करते हैं। हवा में जीने की हमारी हजारों साल पुरानी आदत…।"

तभी कहीं सायरन-सा बजा।

'यह सायरन पहले की तरह शाम पाँच बजे अब भी बजता है क्या ?' सज्जन पूछना चाहता था, पर पूछ न पाया। इति का प्रवचन शायद अधिक भारी हो गया था।

इति बुझ-सी आई। उसे यह सब नहीं कहना चाहिए था। इतने वर्षों बाद तो मिले हैं !

जब वह सचमुच ही जाने लगा तो अपनी मोम-सी नाजुक, सफेद अँगुलियों

से उसने सज्जन की ठंडी अँगुलियाँ बड़े स्नेह से थाम लीं। देर तक यों ही उन्हें सहलाती रही। फिर धीरे से दबाती हुई बोली, "तुम इतने सेंटीमेंटल होकर कैसे जीओगे ?...हाँ, मेरी बात का बुरा न मानना। मैंने तुम्हें बहुत चाहा, उसी अपनेपन से कुछ कह गई हूँ तो अन्यथा न ले...ना...।" उसका गला भर आया।

कुहरे के अथाह सागर में जैसे औंधे मुँह वह गिर पड़ा।

'फिर मिलेंगे', 'कब लौट रहे हो ?', 'फिर आना घर' जैसी कोई भी औपचारिक बात नहीं हुई।

समय के साथ-साथ सब कुछ कितना बदल जाता है। एक ही सेब को दोनों दाँतों से काटकर साथ-साथ खाते थे...एक ही गिलास में, सबकी नजरें बचाकर चाय पीते थे। निमिषा की शादी के लड्डू आए थे। इति चुपके से आकर आधा लड्डू उसके मुँह में डाल गई थी और शेष आधा अपने मुँह में ठूँसकर दौड़ती हुई भाग निकली थी...ताई पर्दे की आड़ से देख रही थी...और शरम के मारे वह पानी-पानी...दिनों तक उनसे नजरें चुराता रहा था...

झटके के साथ वह मुड़ा और ढलान की तरफ लुढ़कता हुआ, तेज-तेज कदमों से भागने लगा...

वह सोचता जा रहा था—वह क्यों इतना भावुक है ? क्यों वह सब सोचता है, जो संभव नहीं है ? इति अपनी दुनिया में खुश है, और वह...वह...

खंभे से टकराता-टकराता वह बचा।

टिप्पणी : सज्जन और इति की यह कहानी यहीं समाप्त हो जाती है। परंतु ऐसा हुआ नहीं। शायद कहानी को कहानी न कहलाकर सत्य होने के लिए एक और मोड़ लेना पड़ा। उसी का शेष अंश प्रस्तुत कर रहे हैं—

चलते-चलते सज्जन दूर निकल गया तो उसे पीछे से किसी नारी-कंठ के पुकारने का स्वर सुनाई दिया। वह सहसा चौंककर ठिठका। ध्यान से सुनने का प्रयास किया। इति का ही स्वर था।

"सज्जी, रुको ! रुको...!" इति कुछ ही क्षण पश्चात् भागती हुई सामने खड़ी थी। बुरी तरह हाँफ रही थी।

"तुम अजीब इंसान हो ! सिर झुकाए भागे जा रहे हो...।"

"तो फिर क्या करूँ ?" गुस्से से झुंझलाकर उसने कहा।

"अरे, तुम मर्द हो। तुमने इतना प्यार किया है मुझसे। तुम्हारा क्या कुछ भी हक नहीं मुझ पर ?"

"हक होने मात्र से क्या होता है···?"

"अरे, क्या नहीं होता ! मेरा हाथ तो पकड़ सकते थे। कह सकते थे, तुमने इतना जुल्म क्यों किया ? कम से कम एक चाँटा ही जड़ देते···। तुम्हारे इस अपनेपन पर मुझे कितनी खुशी होती। जीवन-भर मुझे संतोष होता कि मैंने किसी अपने से प्यार किया···।" कहते-कहते इति की आँखों में आँसू उमड़ आए।

सज्जन ने आगे बढ़कर, दोनों हाथों में उसका आँसुओं से भीगा मुखड़ा उठा लिया। प्यार से उसे सहलाता हुआ बोला, "ऐसा नहीं कहते। तुम पागल हो गई हो क्या ?"

"हाँऽ ! सचमुच मैं पागल हो गई हूँ। तुमने कहीं का भी तो नहीं रख छोड़ा मुझे···।"

वे आगे बढ़कर किंचित् एकांत में एक बड़े-से पत्थर पर बैठ जाते हैं।

"इतने वर्ष तुम्हारी याद में मैंने किस तरह निकाले, तुम कल्पना भी नहीं कर सकते। एक-एक पल गिनकर···। क्या-क्या नहीं सहा मैंने···पिताजी मेरी शादी की चिंता में घुल-घुलकर चल बसे···अम्मा के ये हाल हैं···तुमसे मिलकर जब कमरे से बाहर आईं तो मुझसे पूछ रही थीं—कौन है यह ? क्या 'जनगणना वाला' आज फिर आया है ? यह परसों भी तो आया था न···?"

सज्जन कुछ कह नहीं पा रहा था प्रत्युत्तर में। इति ही बोल रही थी, बोले चली जा रही थी—"मेरी सहेली थी न कपिला···कपिला सूद···उसकी शादी भी दिल्ली में हुई थी। उसके पति वहाँ 'डेसू' में इंजीनियर हैं। तुम्हारी ही कॉलोनी में, पास ही कहीं रहते हैं। वह तुम्हारे घर भी गई थी कई बार। अम्मा से मिलने। परंतु नैनीताल के परिचय का उसने कभी हवाला नहीं दिया था, मेरे ही कहने पर। हर महीने वह पत्र भेजती थी, आधी से अधिक बातें तुम्हारी। उसी ने मुझे बतलाया था कि तुम्हारे ड्राइंगरूम में वह चित्र फ्रेम करके अब तक रखा है, जो नैनीताल से जाते समय तुमने मेरा खींचा था···। उसी ने बतलाया था कि तुम नैनीताल आने वाले हो···।"

सज्जन विस्मय से उसकी ओर देखने लगा, जैसे वह कोई रोचक कहानी सुना रही हो। अविश्वसनीय। काल्पनिक।

"तुम बुद्धू थे, बुद्धू ही रहोगे···मैंने जो-जो कहा, तुमने सच-सच मान लिया···!"

इति ने गुस्से से कहा।

"तो क्या तुम्हारी शादी नहीं हुई…?" वह अभी कुछ कह ही रहा था कि इति बात काटती हुई हँस पड़ी, यों ही, "अरे, मेरी शादी होती तो मेरी माँग में सिंदूर नहीं होता ? कहीं मेरे गले में मंगलसूत्र दीखा तुम्हें ? शादीशुदा औरत और कुँवारी में तुम्हें कोई भेद नहीं दीखता ? तुम कैसे पत्रकार हो ! कहते हो, बड़े समझदार हो ! बड़े-बड़े तुमसे डरते हैं…!"

वह उसकी ओर निर्निमेष ताकती रही, "तुम्हें पीच कलर की साड़ी में मैं बहुत अच्छी लगती थी न ! मेरा हँसना, मुस्कराना तुम्हें बहुत भाता था न ! मैं तुम्हें दुनिया में सबसे अधिक पसंद थी न ! सुनो, मुझे अपने साथ नहीं ले चलोगे दिल्ली! तुम्हारे कपड़े धो दूँगी। तुम्हारे बर्तन माँज दूँगी। दो टुकड़े रोटी तो दे ही दोगे न…!"

वह हँस पड़ा। जोर से उसे भींचता हुआ बोला, "बोलो, कितनी तनख्वाह लोगी ?"

"तुम्हारे सारे सपने–।" उसकी आँखों के कोर भीग आए।

जब वे उठकर चले तो आसमान साफ हो चुका था। धरती पर तारे टिमटिमाने लगे थे।

□□